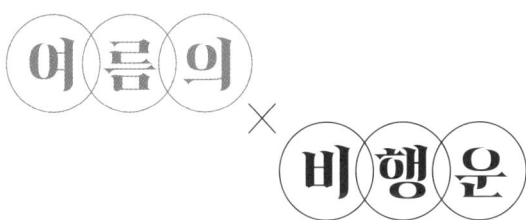

애도의 시간을 건너는 방법

『여름의 비행운』은 뜨거운 여름 한가운데서 펼쳐지는 다섯 편의 이야기를 담은 단편집입니다. 인간이라면 누구나 경험할 수밖에 없는 결정적 사건, '죽음'과 '애도'를 진정성 있는 감정 묘사와 담백한 문장으로 다룹니다. 현실에 근거한 이야기부터 근미래 사회를 배경으로 하는 SF까지 두루 만날 수 있어 풍성한 읽기 경험을 제공합니다.

다섯 이야기의 주인공 모두 사랑하는 사람을 잃었습니다. 과연 이들은 애도의 시간을 안전하게 건널 수 있을까요? 누군가의 빈자리로 깊은 절망에 빠질 때 우리를 다시 일어서게 하는 건 나의 옆을 지키는 또 다른 누군가입니다. 그의 손을 잡으며 우리는 삶을 다시 살아 낼 힘을 얻게 되지요. 살아가는 일이 비록 작열하는 태양 아래를 하염없이 걸어야 하는 고통일지라도, 고개를 들면 우리를 쉬게 하는 조각 그늘과 한 점 바람이 있음을 잊지 말아야 합니다.

다섯 편의 이야기 배경이 여름인 까닭은 찬란하게 빛나는 태양처럼 오늘을 살아가는 여러분이 얼마나 눈부신지 보여 주는 은유일 것입니다. 이 작품이 여러분에게 깊은 슬픔에도 삶으로 나아갈 용기를 주는 나지막한 응원가가 되기를 바랍니다.

소원라이트나우 09 _____light now

바로 지금, 청소년의 가려진 문제를 양지로 끌어내어 용기 있게 이야기하는 소원나무 청소년 문학 시리즈

소원라이트나우 09

제1회 소원청소년문학상 우수상 수상작

초판 1쇄 발행 | 2025년 10월 30일 **2쇄 발행** | 2025년 11월 10일

글 | 이혜령 일러스트 | 인디고

책임편집 | 양현석 **책임디자인** | 차다운
편집 | 한은혜 · 양현석 **디자인** | 차다운 · 양정윤 **마케팅** | 홍주은
디지털콘텐츠 | 이헌화 **경영지원** | 유재곤
펴낸이 | 이미순 **펴낸곳** | ㈜소원나무
주소 | 경기도 고양시 덕양구 으뜸로 110 힐스테이트 에코 덕은 오피스 2동 603호
전화 | 02-2039-0154 팩스 | 070-7610-2367
등록 | 제2021-000180호(2021.09.30)

ISBN 979-11-7476-044-9 44810
(세트) 979-11-93207-20-8 44810

ⓒ 이혜령, 2025

• 파본은 바꿔 드립니다.
• 책값은 표지 뒤쪽에 있습니다.
• 이 책에는 KoPubWorld, 210 옴니고딕, 던파 연단된 칼날, SF싸락눈 Rix 장미의 유혹, 학교안심 가을소풍 서체가 적용되어 있습니다.
• 이 책은 저작권법에 따라 보호를 받는 저작물이므로 저작권자와 출판사의 허락 없이 이 책의 내용을 복제하거나 다른 용도로 쓸 수 없습니다.

독서활동자료

소원나무 홈페이지

소원나무 한 권의 책 속에 우리의 꿈과 희망을 소중하게, 정성스럽게, 웅숭깊게 담아냅니다.

| 제1회 소원청소년문학상
우수상 수상작

여름의 비행운

이혜령 소설집

소원나무

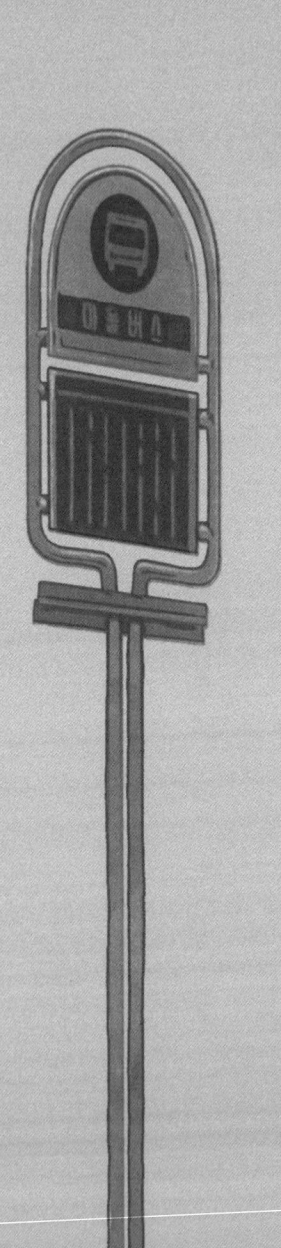

차례

여름의 비행운　09

여름 숲에서 우리는　47

안녕으로 가는 길　71

소요의 바다　107

초승달 숲　143

작가 메시지　179

여름의 비행운

 공항버스는 12분 후 도착이다. 스마트폰을 켜서 오늘의 날씨를 찾아봤다. 32도가 넘는 폭염이었다. 잠시 걸었을 뿐인데도 무수의 등 뒤로 땀이 주룩 흘렀다. 하필이면 멜란지 컬러의 티셔츠를 입어서 땀에 젖은 양 겨드랑이가 짙게 변해 있었다.

 무수가 엄마의 전화를 받은 건 오후 두 시쯤이었다.

 "딸, 엄마 화장대 서랍 보면 흰 봉투 있을 거야. 그거 갖고 얼른 김포 공항으로 와."

 "집에 에어컨도 고장 나 더워 죽겠는데, 뭐야."

 "그러니까 공항으로 오라고. 공항 엄청 시원하잖아. 엄마가 용돈 만 원 줄게."

무수는 만 원으로는 어림도 없다고 생각했다. 도대체 무슨 급한 일이길래 한여름 한낮에 이런 심부름을 시키나 싶었다. 무수는 가방에서 봉투를 꺼내 슬쩍 열어 보았다. 당연히 돈봉투는 아닐 거라 생각했는데, 역시 종이 한 장만 달랑 들어 있었다. 엄마의 이력서였다. 아빠와 이혼 후 엄마는 몇십 장의 이력서를 써 댔다. 경단녀가 재취업을 하기가 얼마나 힘든지, 무수는 엄마를 보면서 알았다. 엄마는 지치지도 않고 이력서를 쓰고 또 썼다. 이혼의 상처를 마치 취업으로 봉합하려는 것처럼. 엄마의 재취업은 눈물겨워 보였다.

　버스를 기다리는 동안 무수 머리 위로 거대한 비행기가 날았다. 다른 동네에서는 보기 드문 광경이다. 비행기가 수시로 날아오르는 이 동네가 무수는 좋았다. 물론 초등학생 때 이야기다. 열일곱 살이 된 무수는 동네 집값이 터무니없이 싼 이유가 저 비행기 때문이라는 걸 안다. 하지만 열 살 무수도 열일곱 무수도 여전히 비행기 보는 걸 좋아한다.

　맑은 날이면 비행기가 날아가면서 그려 내는 비행운도 볼 수 있다. 비행운이 잘 생기지 않는 여름날이지만 무수는 습관적으로 고개를 젖혀 하늘을 보았다. 오늘의 비행기는 별로다. 방에 에어컨이 고장 난 것도 모자라, 땡볕에 서 있는 이런 날에는 저 거대한 비행기가 자신의 몫이 아니라는 생각만 들었다. 예쁜 단어라고 생각했던 비행운도 행운이 아니라는 뜻을 가진 '비(非)'행운처럼 들렸다.

공항버스 안은 시원하고 쾌적했다. 다른 버스에 비해 가격이 많이 비싸긴 하지만 넓고 푹신한 의자를 뒤로 젖히면 비행기 비즈니스석에 탄 기분이 든다. 순간, 무수는 피식 웃음을 흘렸다. 비즈니스석에 타 본 적도 없으면서, 게다가 비행기라고는 딱 한 번 타 봤을 뿐인데 이런 생각을 하는 게 어처구니없었다.

무수는 공항버스에 오르는 사람들을 무심히 바라보았다. 기대감으로 설레는 표정도 있었고 일상처럼 무덤덤한 표정도 있었다. 저 사람들은 진짜 여행을 떠나는 걸까? 여행이 아니더라도 적어도 비행기는 타겠지.

은서는 어떤 표정으로 공항에 갈까? 은서가 가족이랑 싱가포르로 떠나는 날짜가 언제였더라? 설마, 공항에서 은서를 마주치지는 않겠지. 무수는 스마트폰을 켜고 은서의 SNS에 들어가 봤다. 여행 계획과 쇼핑 리스트 같은 게시물이 올라와 있었지만 여행 날짜는 없었다.

"무수야, 여름 방학에 휴가 어디로 가?"

방학을 며칠 앞둔 어느 날, 은서가 한껏 들뜬 목소리로 물었다.

"너는 어디 가는데? 어디 좋은 데 가?"

무수는 그저 웃으며 되물었다.

"좋은 데는 뭘, 가족여행으로 싱가포르 가기로 했어. 사 박 오 일 동안. 이번엔 좋은 호텔에서 푹 쉬면서 먹방 찍는 콘셉트래."

가족여행을 자랑하고 싶었던 은서는 무수의 간단한 질문에도 줄줄 여행 계획을 쏟아 냈다. 자신이 무수에게 뭘 물었는지도 잊은 채 자기 이야기만 했다. 무수는 자기애가 강한 은서가 이래서 좋았다. 남에게 별 관심이 없고, 자기 이야기만 잘 들어 준다면 기꺼이 친구 역할을 해 주니까.

만약 은서가 무수에게 관심을 보이며 집요하게 방학 계획을 물었더라면, 무수는 또 거짓말을 늘어놓았을 거다. 중학교 때 엄마와 아빠가 이혼한 뒤, 무수는 가족 이야기를 잘 하지 않는다. 친구들이 물어보면, 평범한 일상을 지어내 말했다. 집으로 친구를 데려올 일이 없으니 들킬 염려도 없었다.

친구에게 별 기대를 하지 않게 된 지 오래였다. 친구와 공유한 비밀과 약점은 결국 자신을 끌어내리는 무기가 되어 버리곤 했다.

고등학교에 가서는 새로 시작하고 싶었다. 시시콜콜 사적인 비밀을 나누지 않는 거리감을 유지하면서 교실에서 외톨이가 되지 않을 정도의 안전한 관계. 무수가 원하는 친구 관계는 딱 그 정도였고 은서는 그에 합당한 친구였다.

공항버스의 시원한 에어컨 덕분에 짙은 회색으로 변했던 티셔츠가 원래 색깔로 돌아왔다. 더위에 지쳤던 몸도 노곤하게 풀어져 잠이 절로 왔다. 공항에 거의 도착했을 때, 무수는 잠에서 깼다. 공항버스의 쾌적함을 좀 더 누리지 못한 걸 아쉬워하며 무수는 천천히 버스에서 내렸다.

공항에 들어가니, 여름휴가를 떠나는 사람들로 북적였다. 전광판에는 각 도시로 떠나는 비행 일정이 나란히 떴다. 베이징, 도쿄, 오사카, 타이베이……. 무수는 익숙한 도시들을 입안에서 중얼거렸다.

엄마 아빠 사이가 틀어지기 전, 마지막으로 떠났던 발리 여행이 떠올랐다. 엄마 아빠가 연애하던 시절 〈발리에서 생긴 일〉이란 드라마가 인기를 끌었다고 한다. 엄마 아빠는 둘 다 그 드라마에 푹 빠졌고, 해외여행으로 제일 먼저 꼽은 곳은 당연하게도 발리였다. 열두 살 무수는 '발리'라는 단어가 주는 부드러운 어감이 좋았고, 처음 타 보는 비행기에 너무 설레서 무조건 좋다고 했다.

발리 공항에 내리자마자 특유의 향과 습한 공기가 훅 끼쳐 왔다. 발리의 겨울은 한국의 여름처럼 더웠는데, 습도가 높아 더 덥게 느껴졌다. 숨 쉴 수 없을 정도로 후텁지근한 기운이 온몸을 짓눌렀지만 무수는 그저 이국적인 정취에 젖었었다.

푸른 물결이 일렁이는 리조트 수영장도 떠올랐다. 튜브를 끼고 놀던 무수 옆으로 아이들이 배영을 하며 유유히 물살을 가로질렀고, 무수는 그 모습을 부러운 시선으로 바라보았다.

무수는 잊었던 계획을 다시 떠올리며, 올여름에는 반드시 수영을 배워야겠다고 다짐했다. 리조트 수영장에서 밤하늘의 별을 보며 유유히 배영을 하는 상상을 깬 건 스마트폰 진동음이었다.

— 도착했니?

엄마한테 온 메시지였다.

— 공항 일 층 로비 도착. 어디로 가?

― 삼 층으로 올라올래? 거기 푸드 코트에 앉아 있어. 엄마 금방 갈게.

엄마는 공항 라운지 식당에 취업을 했고, 오늘이 첫 출근이었다. 이력서 내용 중 수정할 부분이 있어서 출근하는 날 다시 가져가기로 했는데, 깜빡 잊은 거였다.

무수는 여행객들 틈에 끼어 에스컬레이터를 타고 3층으로 올라갔다. 공항은 시원하다 못해 서늘할 정도였다. 사람들 옷차림마저 훌훌 날아갈 듯 가벼웠다. 무거운 캐리어 가방을 끌고 가는 발걸음은 또 뭐 저렇게 경쾌한지. 선글라스를 머리 위로 올리거나 목베개를 목에 감고 활보하는 사람들 틈에서 자신의 차림새가 초라해 보였다. 누가 봐도 여행객으로 보이지 않았다. 무수는 칙칙한 회색 티셔츠와 청 반바지를 내려다보며 옷을 갈아입지 않고 나온 걸 후회했다.

무수는 음료수 하나를 사서 테이블에 놓고 잠시 화장실에 다녀왔다. 다시 돌아와 보니 누군가 냅킨으로 무수의 테이블을 열심히 닦고 있었다.

"지금 뭐 하세요?"

"아, 죄송합니다. 제가 지나가다가 음료를 넘어뜨려서 좀 흘렸어요."

또래로 보이는 남자애가 당황하며 말했다. 그 모습을 보던 무수가 고개를 갸웃했다. 남자애가 고개를 들어 무수를 보더니, 놀란 표정을 지었다. 무수는 놀란 표정의 아이 얼굴 위로 이름을 떠올렸다. 지영우. 하지만 이 상황에서 알은척하고 싶지는 않았다.

"혹시 소명 초등학교?"

녀석은 굳이 알은척을 해 왔다.

"하무수 맞지? 우리 같은 동네에 살았잖아. 같이 등교도 하고."

그랬었다. 무수는 영우와 같은 동네 아래윗집에 살았고 함께 등교하기도 했다. 그제야 무수는 목소리 톤을 살짝 높여 말했다.

"아, 지영우. 맞구나. 많이 변해서 첨에 못 알아봤어."

어색한 변명. 녀석은 변하기는커녕 딱 열일곱 살의 지영우였다. 영우가 청소년이 되면 어떨까, 상상했을 때 꼭 맞아떨어지는 모습이었다. 여전히 반듯하고 단정한 분위기였는데, 예전과 달리 표정이 좀 사라진 얼굴이었다. 영우가 긴 속눈썹을 내리깔고 있으면 이상하게 가슴이 간질간질해지곤 했었는데. 무수는 별걸 다 기억하는 자신을 보며 그 당시 영우를 많이 좋아했었는지도 모른다고 생각했다.

"잠깐만, 음료수 다시 사 가지고 올게."

무수는 아직 음료수가 반이나 남았다고 손사래를 쳤지만 영우는 기어코 음료 두 잔을 사 들고 저만치서 성큼성큼 걸어왔다. 무수는 엄마가 언제 올까, 초조했다. 영우가 건넨 음료수를 낚아채 쪼르륵 빨아들였다. 단번에 절반을 마시자, 영우가 웃었다.

"너, 목 많이 말랐구나."

무수가 입가를 끌어 올려 웃었다. 음료는 너무 달아서 입안이 쩍 달라붙을 지경이었다.

"난 일본 가. 아빠가 일본에 계시거든."

영우가 무심한 말투로 말했다.

"음, 그렇구나."

무수는 영우에게 아무것도 묻지 않았다. 스스로 말하지 않으면 굳이 호기심을 갖지 않는 게 서로 편했다.

영우는 무수를 바라보았다. 말은 안 했지만 눈빛으로 묻고 있었다. 넌 어디 가느냐고. 영우 속눈썹은 더 짙고 길어져서 눈 밑에 그늘을 만들었다. 무수는 저도 모르게 입을 열고 재잘재잘 떠들어 댔다.

"난 발리 가. 엄마 아빠랑."

"발리?"

"응. 너 혹시 〈발리에서 생긴 일〉이란 드라마 알아? 조인성 나오는 아주 옛날 드라마인데, 우리 엄마 아빠가 그 드라마에 꽂혀서는 첫 가족여행으로 발리를 갔거든. 근데 이번에 결혼 십팔 주년이라고 다시 거길 가자는 거야. 웃기지 않냐. 드라마가 뭐라고, 십팔 주년은 또 뭐고."

무수는 입을 나불대는 뻔뻔한 자신을 보며 어이가 없었다. 공항에 오니 발리 생각이 났고 영우랑 할 말도 없으니 그냥 떠들어 본 거라고, 애써 생각했다.

"난 아직 발리 못 가 봤는데."

영우가 말했다.

"그래? 다른 휴양지는 안 가 봐서 모르겠는데 그냥 딱 휴양지 느낌이야. 겨울에 갔는데 우리나라 여름보다 훨씬 습하고 엄청 덥더라고. 바람 냄새도 달랐는데 이상하게 여름만 되면 발리가 떠오르더라니까. 아참, 발리는 곳곳에 신들을 모셔. 집마다 담장이며 대문이며 어디든 꽃으로 장식한 예쁜 접시에 음식을 올려놓고 향을 피워. 처음에는 무섭기도 했는데, 거기가 발리라는 생각이 드니까 근사하더라고. 여행 마지막 날엔 언덕 위에 있는 사원도 갔었어. 사실 이름은 잘 모르겠고 원숭이 사원이라고 하면 다들 알더라고. 원숭이가 많은데 거의 사람 수준이야. 관광객 물건을 소매치기하기도 하고, 생수병을 낚아채 입 대고 마시는 원숭이도 봤다니까. 그때 나도 모자 뺏겨서 울었던 기억이 나."

다시 볼 일 없는 아이라고 생각하니, 거짓말이 정말 술술 나왔다. 아니, 발리에 대한 기억이 거짓말은 아니니까 뭐, 상관없었다. 무수는 자신이 폭포수처럼 말을 쏟아 내는 사람이라는 걸 처음 알았다.

"네 얘기 들으니까 꼭 발리 갔다 온 거 같은데."

영우가 슬며시 웃었다. 아, 영우가 저렇게 웃었었지. 입으로 웃지 않고 눈으로만 은근슬쩍 웃는 영우. 무수는 여전히 흐릿한 웃음을 짓는 영우를 보니 마음이 간질간질해졌다.

"근데 너희 부모님은 어디 계셔?"

영우가 주변을 둘러보며 물었다.

"잠깐 볼일 보러 가셨어. 탑승 시간이 많이 남았거든."

영우는 잠자코 고개를 끄덕이더니 더는 할 말이 없다는 듯 무수를 가만 바라보았다.

'들켰나? 왜 빤히 보는 거야. 몰라, 그러거나 말거나 무슨 상관이람.'

무수가 우연히 만난 영우를 다시 만날 일은 없을 거고, 거짓말이 들켰든 말든 상관없었다. 엄마의 이력서니, 재취업이니 구질구질 늘어놓는 게 서로 더 민망할지도 모른다.

그때 스마트폰이 부르르 울렸다.

— 엄마 지금 가는 중. 어디 있어?

엄마의 메시지를 보니, 무수는 갑자기 초조해졌다. 일하던 차림으로 달려오는 엄마를 영우가 대면하는 어색한 상황을 만들고 싶진 않았다. 자신이 한 거짓말이 영우한테 피해를 주는 건 아니지만, 서로 낯 뜨거워질 상황은 피하고 싶었다.

무수는 슬쩍 뒤를 돌아보았다. 초조함이 얼굴에 드러나지 않도록 신경을 쓰느라 얼굴 근육이 마비될 지경이었다. 엄마가 두리번거리며 걸어오는 게 보였다. 역시 급하게 나오느라 앞치마를 벗지 못했는지 이제야 허둥지둥 손에 말아 쥐는 모습에 무수는 다급해졌다.

그때 또 테이블이 진동했다. 이번엔 영우 스마트폰이었다. 전화를 받고 아무 말 없이 한참을 듣기만 하던 영우가 "네. 알겠어요." 말 한마디 하고는 전화를 끊었다.

영우가 자리에서 불쑥 일어나 옆에 둔 캐리어 가방을

잡아끌었다.

"그럼, 발리 여행 잘 다녀와. 나, 그만 가 봐야겠다."

영우가 웃으려고 애썼지만 희미한 미소는 떠오르지 않았다.

영우가 무수 뒤편으로 사라지자, 무수 역시 힘들게 끌어 올렸던 입가를 다시 축 내렸다.

엄마가 저쪽에서 달려오고 있었다. 영우를 스쳐 지나갔지만, 엄마도 영우도 서로를 알아보지 못하니 상관없었다.

"어휴, 우리 딸 덕분에 살았다."

엄마가 무수를 끌어안아 등을 두드렸다. 꼭 미안할 때면 엄마는 무수를 아이처럼 대했다.

"근데 너, 뭐 타고 왔니?"

"공항버스 타고 왔지, 뭐 타고 와."

"하무수! 그 비싼 공항버스를 탔다고? 우리 동네에서 공항 오는 일반 버스도 많은데 그거 안 타고 왜? 버스비가 몇 배야. 대체 얘는 나이를 뭘로 먹은 거야."

무수가 눈을 치켜떴다.

"진작 알려 주던지. 몰라, 몰라. 버스비에 심부름값까지 이만 원은 줘야 해."

"알았어. 돈은 되게 밝혀요. 엄마 이제부터 공항 라운지 식당에서 일하는 건 알지? 오늘 이력서를 가져온다고 했는데 가방을 아무리 뒤져 봐도 안 보이잖아. 서랍에 두고 깜빡했지 뭐. 아무튼, 너라도 집에 있었으니 얼마나 다행이니."

엄마는 숨도 안 쉬고 쉴 새 없이 말을 쏟아 냈다.

"너 공항에서 좀 놀래? 엄마 끝날 때까지만. 우리 공항에서 바캉스할까?"

"여행 가는 사람들 틈에서 무슨 청승이야."

무수가 툭 쏘아붙였다. 공항은 목적이 있는 장소다. 목적이 없는 사람이 공항에서 느끼는 감정이 그들과 같을 리 없다. 무수는 여행의 설렘으로 가득 찬 사람들 틈에서 괜한 상대적 박탈감을 느끼고 싶지 않았다.

"야, 하무수. 공항에 여행 가는 사람만 있는 줄 알아? 여기서 일하는 사람은 뭐냐? 엄마는 뭐냐고! 그리고 요즘 젊은 커플들은 공항 데이트도 많이 한대. 넌 젊은 애가 그것도 모르니?"

엄마의 싸늘한 표정을 보고 무수는 아차 싶었다.

"미안, 미안. 우리도 공항 데이트하자. 나, 여기서 기다리면 돼?"

무수의 말에도 엄마는 표정을 풀지 않았다.

"엄마. 있잖아, 우리 발리 여행 갔을 때, 그 원숭이 많았던 사원 이름 기억나?"

"그게 언제 적인데 기억이 나? 그리고 발리 여행 별로 기억하고 싶지도 않고."

"왜? 난 좋았던 걸로 기억하는데. 원숭이가 내 모자 낚아채 갔잖아."

"네 아빠가 모자 뺏어 온다고 원숭이 쫓느라, 그날 사원에도 못 가, 숙소로 가는 내내 싸워, 넌 모자 내놓으라고 울고 떼쓰고, 그런 건 기억 안 나고? 아주 악몽이 따로 없었다."

무수는 엄마 말이 모두 생소했다. 원숭이가 모자를 채간 일을 그저 특별한 추억 정도로만 떠올릴 뿐이었다. 사실 그 이후의 일들은 기억나지 않았다. 어쩌면 엄마한테 아빠와 관련된 모든 기억은 악몽처럼 느껴질지도 모른다.

"너 그럼, 엄마 퇴근할 때까지 기다릴래?"

"그러지 뭐. 그리고 나 용돈."

무수가 양손을 포개어 내밀었다. 엄마는 지갑을 안 가져왔다며 퇴근 후에 용돈을 주겠다고 했다.

"삼 층 양 끝에 가면 비행기도 볼 수 있어. 여기 해산

물 뷔페도 맛있다더라. 엄마 월급 받으면 거기서 쏠게!"

엄마는 흰 봉투를 들고 종종걸음으로 어딘가로 향했다. 무수는 공항을 천천히 산책하듯 걸어 보기로 했다. 어릴 때는 엄마 아빠 따라다니느라 공항에 뭐가 있는지도 전혀 몰랐다.

무수는 3층 난간에서 출국장 입구를 내려다보았다. 출국장 입구 앞에 서 있는 아저씨가 보였다. 아이가 출국장으로 들어간 지 한참이 되었는데도 자리를 지키고 있었다. 아마 아이를 혼자 외국으로 보낸 모양이었다.

초등학교 현장 학습 때 엄마 대신 아빠가 배웅했던 적이 있었다. 버스가 떠날 때까지 아빠가 손을 흔들어 주었던가? 그랬을 거다. 평범한 일상은 종종 망각되고 마니까.

캐리어 가방을 끌고 혼자 걷는 영우가 보였다. 위에서 내려다보는 영우는 어딘가 좀 쓸쓸해 보이기도 했다.

영우는 열한 살 때 엄마가 돌아가셨다. 열한 살 영우는 혼자서 계단에 쪼그리고 앉아 무릎에 얼굴을 묻곤 했다. 무수는 가끔 그런 영우 옆에 앉아 멍때리기를 했다. 그때는 외로움이란 게 뭔지도 몰랐을 나이였는데, 무수는 영우 옆에 있어 주고 싶었다. 영우네 가족은 6학년 초에 다른 동네로 이사 갔다.

그 후, 일본에 갔다는 소식을 들었는데 방학이라 한국에 잠시 들어온 모양이었다. 무수는 영우 앞에서 괜한 허세를 부렸나 후회가 되었다. 영우의 뒤통수를 향해 무수는 작게 손을 흔들어 보았다. 혼자 하는 인사지만, 미안함을 그렇게 털어 버리고 싶었다.

영우가 고등학생이 된 무수를 다시 만난 건 김포 공항 국제선 로비 어디쯤에서였다. 출국장 입구를 찾느라 두리번거리다가 그 애를 발견했다. 한여름 휴가철이었으니 공항에서 아는 애 한 명 정도 만나는 거야 우연이라고도 볼 수 없는 일이다. 무수는 짧은 반바지에 회색 티셔츠를 입고 있었다. 반가운 마음에 알은척을 하려다가 그만두었다. 오래전에 알던 아이와 어색한 인사를 나누는 건 서로가 불편하니까.

그런데 식당가에서 그 애를 다시 만났다. 영우의 배낭이 테이블에 놓인 음료수 잔을 치면서 음료를 쏟았고, 그때 무수가 다가왔다. 무수의 동그래진 눈을 보자, 열한 살 무수 모습이 단박에 떠올랐다. 반가운 마음에 알은척을 해 버렸다.

무수는 로비에서 혼자 두리번거리며 걷던 표정과는 다

른 모습으로 발리 이야기를 쏟아 냈다. 발리로 여행을 간다는 이야기에 처음에는 어처구니가 없었다. 김포 공항 국제선에는 인도네시아행 비행기가 없으니까. 거짓말을 하려거든 좀 치밀하게 하던지. 무수의 무신경함이 딱했다. 처음엔 그랬다는 거다.

 무수의 발리 이야기를 듣는 동안 영우는 점점 빠져들었다. 무더운 발리를 휘적휘적 돌아다니는 기분이 들었다. 골목 담장 위로 음식과 꽃이 담긴 그릇들이 머릿속에 떠올랐고 어디선가 향냄새가 나는 것 같았다. 무수가 리조트 수영장에서 별을 보며 배영을 했다는 이야기를 들었을 땐, 고요한 물소리가 들려왔다. 영우는 단 한 번도 가 보지 않은, 아니, 관심조차 없었던 발리가 궁금해졌다.

 무수는 발리 이야기를 어디쯤에서 멈춰야 하는지 모르는 것 같았다. 사람들은 거짓말이 나쁘다고 하지만 영우는 그건 거짓말 같은 걸 할 필요가 없는 인간들이 하는 말이라고 생각한다. 가끔은 거짓말을 열심히, 아주 디테일하게 해야 한다. 거짓말을 하다 보면 자신도 모르던 진짜 마음을 알게 되는 경우가 종종 있다. 영우는 아빠에게 하는 숱한 거짓말 속에 자기 진심을 숨겨 왔다. 어쩌면 무수가 하는 거짓말 안에도 무수의 마음 한 조각이 들어 있을 거다. 영우가 거짓말에 대한 생각을 하고 있을 때 아빠한테서 전화가 왔다.

아빠는 출장 스케줄이 변경되어 유럽에 며칠 더 머물러야 한다고 했다. 지금 일본에 와도 아무도 없는데 미안해서 어떡하냐고 말했다. 차라리 오늘 비행기를 취소하고 일주일 후에 다시 티케팅하라고 팩트만 말하면 마음이 더 편할 텐데. 감정이 뒤섞인 아빠의 화법이 오히려 불편했다.

"네. 알겠어요."

영우는 전화를 끊고 일어섰다. 무수의 거짓말을 더 듣고 싶었지만, 거짓말을 계속하는 건 무수한테도 힘든 일이다.

영우는 비행기 티켓을 취소하고, 고모에게 메시지를 넣었다.

— 고모, 티켓 취소하고 일주일 후로 다시 예약했어. 생각해 보니, 너무 짧게 있다 가는 것 같아서 아쉬워서 안 되겠더라고. 할머니도 또 언제 볼지도 모르겠고. 그래서 좀 더 있다 가려고.

고모는 기특하고 대견하다며 온갖 이모티콘과 함께 메시지를 보냈다. 영우는 지금 고모에게 하는 말이 거짓말인지, 진심인지 잘 모르겠다. 할머니랑 고모랑 더 같이 있고 싶은 마음이 진심인지, 아빠한테 가고 싶지 않은 마음이 진심인지 아직은 잘 모르겠다.

고모가 마중 나오겠다고 했지만, 영우는 굳이 버스를 타고 가겠다고 말했다. 고모네 동네로 바로 가는 버스는 40분이나 기다려야 했다. 다시 공항으로 돌아가 간단히 밥을 먹기로 했다. 김밥집에 들어가려다 입구에서 다시 돌아 나왔다. 무수가 혼자 김밥을 먹고 있었다.

초등학교 소풍 때 무수와 같이 김밥을 먹었던 기억이 났다. 무수는 햄을 빼고 먹었고, 영우는 무수가 햄을 빼놓는 족족 집어 먹었다. 이 맛있는 걸 왜 안 먹는지 궁금하기보다는 앞으로 김밥은 무수랑 먹으면 좋겠다고 생각했었다. 영우는 쌀국수를 먹으면서도 김밥의 햄을 빼고 먹던 무수를 떠올렸다. 지금도 햄을 빼고 먹을까, 영우는 갑자기 김밥이 먹고 싶어졌다. 김밥집에 앉아 있는 무수는 발리 이야기를 발랄하게 재잘대던 모습과는 달랐다. 혼자 먹는 밥이 익숙한 표정이었다. 그걸 어떻게 아냐고 물어보면 설명할 순 없지만, 혼자 밥을 먹는 자신의 표정이 꼭 저럴 것 같았다.

40분을 기다렸던 버스가 막상 도착했지만, 영우는 버

스에 타지 않았다. 정류장으로 들어오는 버스들을 멍하니 스쳐 보내던 영우의 시선이 한곳에 고정되었다. 예전에 살던 동네로 가는 버스가 천천히 정류장으로 들어오고 있었다. 비행기가 비정상적으로 크게 보이던 동네. 하루에도 수십 번씩 비행기가 날아가고, 비행기 숫자를 세느라 시간 가는 줄 몰랐던 동네였다. 영우는 커다란 캐리어 가방을 천천히 끌며 버스를 향해 걸었다.

특별한 계획이 있었던 건 아니었다. 그저 어디든 갈 곳이 필요했고 아주 낯선 동네보다 익숙한 동네가 심리적으로 편했다. 짐칸에 캐리어 가방을 싣고 버스에 올랐다. 뒷자리에 앉자, 그제야 피로가 몰려왔다. 영우는 머리를 기대고 눈을 감았다.

동네는 어딘지 익숙하면서도 낯설었다. 영우가 커다란 캐리어 가방을 끌자, 드르르 드르르 소리가 커다랗게 들렸다. 기억이 이끄는 대로 걷자, 익숙한 골목에 들어섰다. 계단이 까마득하게 많았던 걸로 기억하는데, 다시 와보니 그렇게 높지도 않았다. 계단을 올라가다 보면 중간쯤 있는 집이 어린 영우가 살던 집이다. 캐리어 가방을 들고 계단을 오를 수 없어 영우는 계단 밑에서 아쉽게 돌아 나왔다.

골목 어귀에서 봤던 편의점으로 향했다. 영우는 배가 고팠다. 아까 쌀국수 한 그릇을 다 비웠는데도 이상하게 배가 고팠다. 편의점에서 삼각김밥 두 개와 매운맛 컵라면을 사서 테이블에 앉았다. 어둑해져 가는 시간, 낯선 편의점에서 라면 면발을 후루룩후루룩 빨아들였다. 한참을 먹고 있는데 고모한테서 전화가 왔다. 또다시 거짓말을 해야 하는 상황.

"공항버스 정류장에서 아는 친구를 만났어. 그래서 같이 밥 먹고 얘기 좀 하다가 들어가려고. 너무 오랜만이라 반가워서 조금 더 놀다가 갈게."

친구를 만났다는 말에 고모는 알겠다며 서둘러 전화를 끊었다. 전화를 끊고 나니, 맹렬하던 식욕이 사라져 버렸다.

고모는 늦은 시간 들어온 영우를 끌어안으며 반겼다. 아침에 나갔다 돌아왔을 뿐인데 어디 먼 곳이라도 다녀온 사람처럼 대했다. 캐리어 가방 때문에 그런 느낌이 들었는지도 모른다. 무심한 아빠는 고모한테 따로 연락을 하지 않은 모양이었다.

"신기하다, 영우야. 그 넓은 공항에서 친구도 만나고."

"같은 동네 살았던 앤데 가족이랑 여행 간다고 공항에

왔더라고."

"뭐? 너랑 저녁 먹고 놀았다며?"

아차차, 영우는 조금만 방심하면 거짓말에 숭숭 구멍이 난다는 것을 깜빡했다.

"아, 부모님이 싸워서 여행 취소하고 집으로 가 버리셨대. 그래서 걔랑 놀았지 뭐."

영우는 무수네 부모님을 함부로 말한 게 좀 걸렸다.

"어머, 어머! 걔 진짜 속상했겠다. 공항까지 와서 그게 뭐니?"

"우리 나이엔 부모님 별로 신경 안 써. 그런가 보다 하는 거지."

자꾸 말을 시키는 고모를 피해 영우는 화장실로 얼른 들어가 버렸다. 또 무슨 거짓말이 나올지 모르니까.

영우는 며칠 동안 동네 편의점만 몇 번 나갔을 뿐 집 안에 콕 박혀 있었다. 나흘째 아침이 되자 식탁에서 고모가 국을 듬뿍 담아 주며 말을 꺼냈다.

"영우야, 오늘 고모랑 같이 영화나 볼까?"

"나 오늘 친구랑 약속 있는데."

고모는 친구란 말에 얼굴이 환해졌다.

"그래, 친구랑 노는 게 좋지. 늙은 고모랑 보는 영화가 뭐 재밌겠니. 나는 나대로 친구 만나 놀면 되니까 재밌게 놀다 와."

  영우는 아침을 먹고 바로 집을 나섰다. 버스 정류장으로 터벅터벅 걸으면서 며칠 전 갔던 동네를 다시 가 보기로 했다. 영우는 버스에서 내려 그날 걸었던 골목을 다시 걸었다. 계단 앞에서 숨을 고른 후 두 칸씩 성큼 올랐다. 어렸을 때 무수랑 서로 더 빨리 올라가려고 두 칸, 세 칸씩 오르던 기억이 났다. 무수네 집은 계단 맨 끝 집이었다. 영우는 마지막 계단에 올라섰다. 무수가 여전히 이 집에 살 리가 없다고 생각하면서도 영우는 친구 집을 찾아온 사람처럼 대문 앞에서 서성였다. 영우 등에서 땀이 흘러내렸다. 영우는 맨 끝 계단에 앉아 땀을 식혔다.

  하늘과 가장 가까운 이곳을 어린 영우는 좋아했다. 종종 여기 앉아서 비행기멍을 했다. 아빠가 처음 일본으로 갔을 때, 영우는 종일 여기 앉아 비행기를 보았다. 아빠가 탄 비행기가 어떤 건지 몰라 한 대라도 놓칠세라 눈으로 비행기를 쫓았다. 배가 고파도 꼼짝을 안 했다. 아빠가 다시는 안 돌아올까 봐 무서웠던 건지, 아직도 영우는 어린 영우의 맘을 잘 모르겠다.

  삐거덕, 녹슨 대문에서 요란한 소리가 났다. 영우는 누군가와 눈이 마주칠까 고개를 푹 숙였다. 계단 틈새에 낀 초록 이끼가 보였다.

"야, 지영우."

영우가 천천히 고개를 들어 올려다보았다. 거기 무수가 있었다. 무수와 눈이 마주친 영우는 천천히 웃었다.

"하무수, 아직 여기 살아?"

영우는 반가운 마음을 누르고 덤덤하게 물었다.

"응. 너는 여기 왜 있어? 너 이사 갔잖아."

"어? 그냥."

무수는 더는 묻지 않고 영우 옆에 털썩 앉았다. 그렇게 앉고 보니 마치 약속하고 만난 친구처럼 자연스러웠다.

"우리 예전에 여기 계단에 앉아 있었던 거 기억난다."

무수가 고개를 젖혀 하늘을 보더니 말했다.

"그랬나?"

영우는 그렇게 말했지만 사실, 그 시절 기억이 선명하다. 첫 계단을 오를 때부터 맨 꼭대기 계단에 앉아 있던 열한 살 무수를 떠올렸으니까. 엄마 아빠가 싸우고 있다며 울먹이던 어린 무수. 그 옆에 앉아 같이 비행기를 보던 기억들. 어린 영우와 무수는 거기 앉아 한 시간 동안 비행기가 몇 대나 날아가는지 내기를 했다. 누가 이기건 상관

없는, 아무 벌칙도 정하지 않은 내기였지만 둘은 한 시간 동안 꼼짝없이 앉아 비행기를 셌다. 그렇게 비행기를 세다 보면 왜 여기 앉아 있었는지를 까마득히 잊곤 했다.

"야, 우리 공항 갈래?"

무수가 영우 어깨를 툭 치며 말했다. 무수 이마에 땀방울이 송골송골 맺혀 있었다.

"공항?"

"그냥. 놀러 가자고. 거기 엄청 시원하잖아."

무수가 이마의 땀을 손등으로 닦아 냈다.

"그렇긴 하지."

"요즘 공항에서 데이트하는 사람들도 많대."

무수는 자기가 말해 놓고 손부채질을 하며 말을 버벅댔다.

"아, 아니. 데이트하자는 게 아니라, 너무 덥잖아. 그리고 거기 가면 활주로에서 비행기 뜨는 거 볼 수 있대. 거기 가서 내기하자. 한 시간에 몇 대나 뜨는지 알아맞히기. 우리 예전에도 많이 했잖아."

무수 역시 내기를 기억하고 있었다.

"가자. 여기 정말 덥다."

영우가 자리에서 일어나 툭툭 엉덩이를 털었다. 영우

는 피식 웃음을 흘렸다. 무수가 옆에서 똑같이 툭툭 엉덩이를 털고 있었다.

공항버스는 바다 위 다리를 건넜다. 무수는 김포 공항 말고 인천 공항으로 가는 버스를 타자고 했다. 무수는 의자를 뒤로 젖힌 채 눈을 감고 있었다. 영우도 의자를 뒤로 젖히고 기대어 눈을 감았지만, 잠은커녕 정신이 점점 또렷해졌다. 영우는 공항에 가서 뭘 해야 하나 생각하다가 스마트폰으로 맛집이며, 카페를 검색했다. 실제로 블로그에 공항 데이트 관련 글이 많았다. 영우는 4층에 무료 와이파이를 쓸 수 있고 편안한 소파가 놓인 휴게 공간이 있다는 걸 알아냈다. 유리창 너머로 활주로가 보여서 비행기가 뜨는 모습도 볼 수 있다고 했다. 영우는 무수에게 메시지를 보냈다.

― 배고프다. 도착하면 밥 먹으러 갈래?

자는 줄 알았던 무수가 부스스 일어나 주머니에서 스마트폰을 꺼냈다. 금방 답이 왔다.

― 뭐 먹을래?

― 하무수, 너 김밥 먹을 때 아직도 햄 빼고 먹냐?

영우는 그날 공항에서부터 궁금했다.

― 뭐?

— 너 김밥에 들어 있는 햄 안 먹었잖아.

— 내가?

— 그럼, 지금은 햄 먹어?

— 아니, 안 먹어. 근데 넌 그걸 다 기억하냐?

— 너랑 김밥 먹는 게 좋았거든. 네 햄도 다 내가 먹을 수 있잖아.

버스가 공항에 도착하자, 무수와 영우는 김밥집을 검색했다. 김밥집에서 마주 앉아 김밥 두 줄과 라면을 시켰다. 무수는 햄을 빼고 먹었고 영우는 무수가 빼놓은 햄을 쏙쏙 집어 먹었다. 김밥을 먹는 무수의 표정이 밝았다. 그날 봤던 표정과 달랐다. 영우는 자신 역시 저런 표정일까 궁금했다.

"근데, 너 우리 동네에 왜 온 거야?"

"예전 집이 어떻게 변했나 궁금해서. 대문 색깔이 초록색으로 바뀌었더라. 예전엔 파란 대문이었는데. 넌 그런 적 없어? 예전에 갔던 곳에 다시 가 보고 싶은 적?"

무수는 알겠다는 듯 고개를 힘껏 끄덕였다.

영우가 무수를 보고 웃었다. 영우는 한국에 온 후 제일 많이 웃는 것 같았다.

4층 휴게 공간은 널찍하고 쾌적했다. 유리창 앞으로 소파가 띄엄띄엄 있었다. 무수와 영우는 각자 소파에 누워 유리창 너머의 활주로를 바라보았다. 둘은 아무 말 없이 그렇게 비행기가 천천히 활주로를 달리다가 하늘로 날아오르는 장면을 보았다. 한 대, 두 대, 세 대. 비행기가 날았다. 무수가 누운 자세를 바로잡으며 물었다.

"너, 옛날 집 들어가 보고 싶어? 들어가 볼래?"

"벌써 들어가 봤어. 지난번 한국 들어왔을 때 아예 대문 안까지 들어갔다 왔어. 그 집 마당 시멘트를 아빠가 발랐거든. 시멘트 마르기 전에 내가 막 걸어 다녀서 마당에 발자국이 가득했거든. 아빠는 다시 발라야 한다고 했는데, 엄마가 작품 같다고 그냥 두자고 했거든. 그게 아직도 있나 궁금하더라고."

"그래서, 아직도 있어?"

"아니. 시멘트도 다 걷어 내고 작은 텃밭이 생겼더라. 상추랑 고추 같은 거 잔뜩 열려 있고."

"아쉬웠겠다."

"작은 텃밭이 마당에 더 잘 어울리더라. 오히려 마음이 편했어. 근데, 아빠한테는 아직도 시멘트에 내 발자국이 그대로 있다고 말했어."

"왜?"

"아빠가 기억 안 난다고 하잖아. 엄마랑 함께 살던 집인데, 대문 색깔이 파란색이었던 것도, 시멘트를 직접 발랐던 것도 다 기억 못 하더라고. 그래서 옛날 그대로 하나도 안 변했다고 거짓말했지."

영우는 그때 처음 알았다. 발자국이 마당에 그대로 있다고 거짓말하는 자신의 진짜 마음을. 그 뒤로 영우는 종종 아빠에게 거짓말을 했다. 그리고 거짓말 속에 숨은 자신의 구멍을 하나씩 하나씩 알아 갔다.

엄마 이야기를 할 때마다 입을 꾹 다무는 아빠 때문에 어린 영우는 엄마 이야기를 꺼내지 못했다. 아빠는 어디를 가든 엄마 생각이 나 힘들다며 한국을 떠나고 싶어 했다.

영우가 날아오르는 비행기에 시선을 고정한 채 입을 열었다.

"난, 아빠랑 달라. 한국에 오니 엄마 생각이 더 나더라. 그래서 좋았어. 엄마랑 같이 걸었던 학교 앞 골목길, 시장 거리, 공원 산책로. 아빠처럼 잊으려고 노력하며 살고 싶지 않다는 걸 그때 알았어. 아빠한테 거짓말하면서……."

무수는 영우를 보며 배시시 웃었다. 거짓말을 아주 잘

하는 게 자신과 똑 닮았다. 그래서 귀여웠다. 무수가 영우를 똑바로 바라보며 말했다.

"내가 재밌는 얘기 해 줄까?"

'네 얘기는 다 재밌는데.'

영우가 속으로만 말하며 또 웃었다.

"어떤 영화를 봤는데, 단편 영화였어. 근데 제목은 기억 안 나. 고등학생인 아들이 바람피우는 아빠가 새살림을 차린 집에 찾아가는 이야기야. 약간 막장이지. 아들이 집 안의 물건들을 막 부수고 결국엔 티브이를 떼서 걸어 나오는 장면이 나오거든. 여자 친구랑 둘이서 거대한 티브이를 들고나오는데, 그 장면을 보고 얼마나 통쾌하던지. 나도 저렇게 해 보고 싶다. 정말 가서 다 깽판 치고 싶다, 그랬거든."

무수가 신나게 말하다가 영우의 놀란 표정을 보았다.

"우리 엄마 아빠 결국 이혼하셨어. 맨날 싸웠으니 그리 놀랄 일도 아니야."

"그렇구나. 근데, 그거 정말 해 봤어?"

영우가 놀란 눈으로 물었다. 무수가 고개를 천천히 끄덕였다. 영우가 눈으로 활짝 웃으며 엄지손가락을 치켜세웠다.

무수는 작년 여름, 불쾌지수가 가장 높았던 날에 그 집을 찾아갔다. 아빠가 젊은 여자랑 새살림을 차린 집은 생각보다 가까운 곳에 있었다. 오래된 복도식 아파트에 집은 좁고, 살림살이는 초라했다. 무수를 더 놀라게 한 건, 바닥에서 빽빽 울고 있는 아기였다. 젊은 여자는 누렇게 뜬 얼굴로 무수에게 아이를 맡기고 화장실을 향해 내달렸다. 아기 때문에 화장실도 제대로 못 가 변비가 생겼다고 했다.

"진짜 티브이도 뗐어?"

"벽걸이 티브이가 그냥 쉽게 떼어 낼 수 있는 건 줄 아냐? 그리고 그 집에 티브이가 없더라. 완전 헛방이었어."

"그래서 얼마나 부쉈는데?"

"부수긴 뭘 부수냐. 영화니까 그게 쉽지. 거실 바닥에 아기 요랑 기저귀, 모빌이랑 딸랑이뿐이었어. 그걸 어떻게 부수냐고."

　코미디 같은 날이었다. 무수는 그날 그 집을 나오면서 어이가 없어 웃음이 터졌다. 복도를 실실 웃으며 걷는데, 여자가 아이를 안고 쫓아 나왔다. 더운데 먹으면서 가라며 아이스크림을 건넸다. 여자는 엄마보다 젊었지만 생기 있어 보이지도 않았고 행복에 겨운 얼굴도 아니었다.

아빠의 새 꽃밭은 초라하고 궁색했으며 행복과는 거리가 멀어 보였다. 그렇다고 무수의 마음이 홀가분했냐 하면 그것도 아니었다. 그저 집에 돌아오는 길이 쓸쓸하고 외로웠던 기억이 난다.

"그날 알게 된 사실이 있어. 나는 물건을 던지거나 고함을 지르는, 그런 일을 할 수 없는 사람이라는걸. 아무리 화가 나도 그런 일은 못 한다는 걸 알았어. 그런데 그날 엄마한테 거짓말을 했어."

"뭐라고?"

"영화에서 본 장면을 줄줄 말했지. 지금 생각해 보니, 우리 엄마, 거짓말인 거 다 알고도 속아 준 거 같아."

거짓말을 실컷 한 다음 날 아침, 엄마가 무수 방에 들어왔다. 엄마는 잠이 덜 깬 무수 옆에 앉아 머리칼을 쓸어 넘겨 주었다. 한동안 아무 말도 없던 엄마가 입을 열었다.

"무수야, 엄마 그렇게 불행하지 않아. 아니, 솔직히 좀 홀가분해."

"엄마는 아빠 안 미워?"

"밉지."

"근데 왜 안 미워하는 사람처럼 보이지?"

여름의 비행운

"그래 보여? 사실 아무 감정이 없어. 이제 안 싸워도 되고, 말년에 네 아빠 얼굴 안 보고 살아도 돼서 솔직히 너무 좋아. 돈은 좀 없지만 벌면 되고, 네 양육비는 어차피 아빠가 댄다니까 걱정 없고."

"엄만 속 편해서 좋겠다."

"우리 딸한테 미안한 거 빼면 엄만 정말 다 괜찮아."

엄마가 무수의 머리카락을 손가락으로 쓸어내렸다. 간질간질 졸음이 밀려왔다.

"그러니까 무수 넌, 엄마나 아빠 상관하지 말고 너만 생각하면서 가볍게 살아. 엄마도 그럴 거니까. 엄마 지금 훨훨 날아갈 듯 가볍거든."

그때는 엄마가 거짓말한다고 생각했다. 하지만 이제는 엄마의 하루하루가 불행으로만 채워졌던 건 아니라는 사실을 알 것도 같다. 하루를 채우는 건 하나의 명료한 감정이 아니다. 행과 불행이 뒤섞인 채 다양한 감정의 소용돌이 속에서 살아간다.

공항 하늘 위로 비행기가 천천히 날아올랐다.

"지영우, 너 왜 안 물어봐?"

무수는 자신을 빤히 바라보는 영우를 향해 말했다.

"뭘?"

"공항에서 만났을 때 내가 거짓말한 거 다 알았잖아."

"그게 뭐?"

"다 거짓말은 아니었어. 발리에 여행 간 건 사실이었어. 아주 예전이었지만."

"나한테 얘기할 필요 없어. 모두 다 거짓말이었다고 생각하지도 않아. 발리에 다시 가고 싶었던 거잖아. 그때처럼."

"정말 그랬을까? 다시 돌아갈 수 없어서, 그래서 돌아가고 싶었는지도 모르겠네. 근데 너무 웃긴 건 말이야, 그때 그 여행을 내 맘대로 기억했더라고. 여행 내내 엄마 아빠는 계속 다퉜고, 음식은 쌌지만 형편없었고, 날씨는 끈적거리고……. 뭐 그리 근사한 여행은 아니었는데 말이야."

비행기 몇 대가 떠오르는 동안 하늘이 조금씩 오렌지색으로 물들어 갔다. 푸르스름한 하늘에 오렌지 빛깔이 뒤섞였고, 그 사이를 비행기가 날렵하게 가로질렀다. 비행기 꼬리 뒤로 흐릿한 비행운이 생겨났다.

영우는 공항에서 비행기 티켓을 취소하면서 들었던 마음을 생각했다. 한국에 조금 더 머물고 싶은 이유에 무수가 있었다. 여태 자신의 마음을 잘 몰랐는데, 오늘 무수와 비행기를 세며 선명해졌다. 어릴 적 비행기를 쫓던 마음이 내내 외롭기만 한 건 아니었다는걸.

무수는 영우의 얼굴 위로 노을이 내려앉는 걸 바라보았다. 영우의 긴 속눈썹 아래 그늘을 보며 무수는 몸이 둥둥 떠오르는 것 같았다. 무수는 의자 팔걸이를 손으로 꽉 쥔 채 활주로로 눈길을 돌렸다. 또 하나의 비행기가 천천히 떠오르고 있었다.

여름 숲에서 우리는

외할머니 집까지 기차로 두 시간 남짓 걸린다. 자기 부상 열차를 탔으면 30분도 안 걸렸을 테지만 나는 가격이 싸고 천천히 달리는 기차를 골라 탔다.

'빨라서 좋을 게 뭐람.'

나는 모든 게 천천히 흘러갔으면 좋겠다. 아니, 흘러가지 않았으면 좋겠다. 내 시간은 멈춰 있는데 모든 것이 빠르게 흘러가는 게 싫다.

사실 할머니 집에 가고 싶지 않았다. 지아랑 만나지 못해 더 서먹해질 거다. 개학하면 교실에서 섬처럼 지내야 할지도 모른다.

아빠는 내가 방학하기를 기다리기라도 한 듯 출장 일

정을 잡았다.

"푹 쉬면서 좋아하는 그림도 실컷 그리다 와."

아빠가 트렁크에 짐을 넣으며 말했다.

나는 엄마가 그림을 그리던 작업실 문을 빤히 바라보았다. 작업실은 엄마가 떠난 후부터 굳게 닫혀 있다. 엄마가 없는 그곳에 더는 들어가지 않는다.

"나 그냥 혼자 집에 있어도 되는데."

나는 웅얼거리듯 말했다. 내 말을 들었는지 못 들었는지 아빠는 아무 말도 하지 않았다. 그렇다고 짐 정리에 집중하는 것 같지도 않았다. 지구 반대편이라 기온이 낮을 텐데 반팔 셔츠를 넣고 있으니 말이다.

"긴팔 셔츠를 넣어야지. 어른이면서 제대로 하는 게 없네. 어쩌려고 그래?"

아빠가 동작을 멈추고 멍하니 내 얼굴을 쳐다보았다. 아빠 얼굴에 얼핏 익숙한 표정이 스쳤다. 나는 급히 고개를 돌렸다. 아빠는 내 말투에서 엄마를 떠올렸을 거다. 출장 때마다 성격이 꼼꼼하지 못한 아빠 대신 엄마가 짐을 챙겨 줬다.

"할머니랑 있으면서 심리 치료도 다시 생각해 봐. 너한테 도움이 된다더라."

아빠가 옷장에서 긴팔옷을 꺼내며 말했다. 아빠는 내 얼굴을 보지 않았다.

나는 얼른 내 방으로 들어가 문을 딸깍 잠갔다.

아빠는 안방에서, 나는 내 방에서 아무 말 없이 각자의 짐을 쌌다. 내가 불을 끄고 침대에 누웠는데도 아무 인기척도 없다. 화가 났다. 침대에서 벌떡 일어나 거실로 향하다 발걸음을 멈췄다. 아빠가 홀로 술을 마시고 있었다. 식탁 위에는 동그란 돌멩이가 놓여 있었다. 아빠는 술을 한 잔 마시고 돌멩이를 왼손으로 꼭 쥐었다. 마치 그 돌멩이가 엄마 손이라도 되는 것처럼. 돌멩이처럼 생긴 물건은 '보이스'라는 건데 엄마의 목소리가 담겨 있다. 손으로 어루만지면 엄마 목소리가 흘러나온다. 아빠는 지금 출장 전 엄마랑 단둘이 술을 마시던 기억을 떠올리고 있을 것이다. 아빠의 무선 이어폰에서는 아마도 엄마의 잔소리가 흘러나올 거다.

유족에게 주로 팔리는 보이스는 고인의 체취와 체온이 느껴진다고 광고한다. 물론 순 사기다. 하지만 마치 엄마 손인 양 보이스를 꼭 잡고 술을 마시는 아빠를 보면, 그 사기는 제법 효과가 있는 것 같다.

나는 조용히 내 방으로 돌아왔다. 내 책상 위에도 보

이스가 덩그러니 놓여 있다. 나는 그것을 만지고 싶지 않다. 만지는 순간, 엄마의 부재를 인정할 것 같다. 진짜가 아닌 가짜에 절절매는 것 같아 별로다. 나는 여기 있는데 가짜만 바라보는 아빠가 밉다.

나는 다시 불을 끄고 침대에 누웠다. 이불을 턱까지 끌어 올려 덮었다. 한여름에도 이불을 덮지 않으면 온몸에 한기가 느껴진다.

차창으로 노란 햇살이 쏟아졌다. 챙 넓은 모자를 꺼내 푹 눌러썼다. 얼굴을 가리자 눈물이 찔끔 나왔다. 너무 부신 햇살 때문이다. 올여름은 햇살까지도 맘에 안 든다. 가방에서 스마트 패드를 꺼내 만화를 그리기 시작했다.

지아가 지난주에 던진 말이 귓가에 맴맴 돈다. 지아는 초등학교 6학년 때부터 알고 지냈는데, 중학교에 와서 또 같은 반이 되었다. 작년에 엄마가 죽었을 때 옆에 있었던 친구다. 내 상황을 알아 편하기도 하고 또 너무 잘 알아서 불편하기도 하다. 요즘 지아는 나를 답답해한다.

"강유진, 너 진짜 언제까지 그럴 건데?"

"응?"

"너 화실도 안 나오고, 정말 이제 그림 안 그릴 거야?"

"별로 하고 싶지 않아."

내 말에 지아가 작게 한숨을 내쉬었다.

"학교에서 말도 별로 안 하고, 너 꼭 그림자 같아. 네가 자꾸 그러니까 애들이 아예 없는 사람 취급하잖아. 정신 좀 차리라고!"

지아가 커다란 눈을 부릅뜨며 말했다.

'못 참으면 어쩔 건데? 너도 떠나면 되잖아. 어차피 다 떠날 거면서.'

이렇게 무심하게 말하고 싶었다. 어깨 한 번 으쓱하고 돌아서고 싶었다. 하지만 나는 아무 말도 못 하고 입을 꾹 다물었다. 그런 나를 보며 지아는 못 말린다는 듯 고개를 저었다.

언제부턴가 하고 싶은 말이 목에 걸려 나오지 않는다. 엄마가 있을 때는 엄마 앞에서 쏟아 내곤 했는데 지금은 꾹꾹 삼킨다. 내 입은 점점 조개처럼 다물어지고 하지 못한 말을 바보 같은 웃음으로 흘려보낸다.

"유진아, 엄마가 없어도 누구한테든 편안하게 네 마음을 보여 주고 대화하면 돼. 엄마한테 하듯이 말이야."

엄마는 내 말을 잘 들어 줬고, 난 속마음을 엄마랑 가장 많이 나눴다. 엄마는 그런 나를 마지막 순간까지 걱정하다 떠났다.

나는 주머니에서 보이스를 꺼냈다. 동그란 엄마. 이어폰을 끼고 동그란 엄마를 쓰다듬으면 엄마 목소리가 나올까? 그리운 목소리가 나에게 말을 걸지도 모른다.

'엄마한테 다 말해. 유진아.'

나는 보이스를 주머니에 서둘러 넣었다. 눈물이 시도 때도 없이 흘렀다. 모자를 더 깊숙이 눌러 얼굴을 몽땅 가렸다. 모자가 점점 커다래져서 나를 완전히 삼켜 버렸으면 좋겠다.

기차가 곧 목적지에 도착한다는 방송이 흘러나왔다.

할머니 집 마당 텃밭에 여러 가지 채소가 주렁주렁 열려 있었다. 너무 싱싱하고 예뻐서 꼭 가짜처럼 보였다.

거실 한구석에는 딱 봐도 오래된 물건들이 어지러이 흩어져 있었다. 오래된 인형, 사진 액자, 노트, 작은 옷. 언뜻 봐도 모두 엄마의 물건이다.

"유진아, 다 엄마 건데 보고 싶으면 봐라."

할머니도 아빠처럼 엄마의 흔적에 매달려 지내는 것처럼 보였다.

"저게 다 무슨 소용이야."

'엄마도 없는데.'

뒷말은 꿀꺽 삼켰다.

"왜 소용이 없어? 이게 다 엄마를 기억나게 하는 것들인데. 이 할미가 하나도 버리지 않고 모아 둬서 얼마나 다행인지 모르지, 넌."

할머니가 서랍에서 뭔가를 꺼내 내밀었다. '리미트(Re-meet) 서비스' 안내서였다. 안내서에는 고인을 기억하는 다양한 방법을 고민하고 안내한다고 쓰여 있었다.

"너한테도 도움이 될 거라고 하더라."

"싫어. 싫다고! 몇 번을 말해."

"알았어. 저녁 먹게 씻고 나와."

할머니는 안내서를 낚아채 가며 혀를 찼다.

마당 앞 평상에 앉아 저녁을 먹었다. 할머니는 평상 끝에 쑥 모깃불을 피웠다. 잘 말린 쑥대에 불을 지피자 연기가 어룽어룽 피어올랐다. 은은한 쑥 향과 어우러진 된장찌개 냄새는 엄마와 내가 함께 기억하는 여름 냄새였다. 여름 방학 때마다 할머니 집에서 맡았던 냄새들. 엄마랑 할머니랑 내가 함께 보낸 여름 오후의 기억이 냄새와 함께 파도처럼 밀려들었다. 금세 코끝이 알싸하게 매워졌다. 할머니 앞에서 눈물을 왈칵 쏟으면 큰일이다.

"할머니, 요새도 이런 거 피워?"

"너 온다고 할미가 귀한 거 구해 놓은 거지. 요즘은 이런 게 더 비싸."

"옛날 생각나네. 근데 할머니, 여름인데 여긴 왜 이렇게 추워?"

"시골이라 그렇지. 긴팔옷 안 챙겨 왔어?"

"여름인데 무슨 긴팔옷을 챙겨 와?"

"그럼, 할미 옷 입을래?"

"싫어. 그냥 안 입을래!"

나도 모르게 빽 소리를 질렀다. 할머니가 입을 조개처럼 꾹 다물고 숟가락으로 된장찌개만 저어 댔다.

"할머니 삐졌어?"

나는 할머니 팔에 슬쩍 팔짱을 끼며 말했다.

"말투랑 목소리가 딱 제 어미네. 깜짝 놀라서 그래."

정작 할머니 얼굴은 놀란 표정이 아니었다. 슬퍼 보였다. 할머니 얼굴을 피해 일어났다.

"다락에 가 볼래. 거기 엄마 옷 있잖아."

다락에는 오래되고 쓸모없는 물건으로 가득했다. 신기하게 먼지가 별로 쌓여 있지 않았다. 다락을 오르내리며 먼지를 닦아 내고 물건을 어루만지는 할머니 모습이 떠올랐다. 할머니는 뭐든 가지고 있으면 쓸모가 있다고 생각한다. 엄마는 정반대다. 필요 없는 물건은 바로 버렸다. 작아진 옷을 깨끗하게 세탁해서 필요한 사람에게 나눠 주고 내가 쓰던 장난감도 잘 닦아서 필요한 곳으로 보냈다. 내가 사람이나 물건에 집착할 때마다 엄마는 내 얼굴을 쓰다듬으며 말했다.

"물건이든 감정이든 오래 담아 두면 무겁고 힘들어. 버려야 자리가 생기고, 자리가 생겨야 또 멋진 것들이 들어온다. 너!"

하지만 그 말은 나한테 아무 소용이 없다. 나는 엄마를 닮지 않았다. 어떻게 버려야 하는지 잘 모르겠고, 버리고 싶지 않고, 버릴 수도 없다. 이제 보니 난 할머니를 닮은 모양이다. 거실에 내놨던 엄마 물건이 모두 한 상자에 정리되어 있었다. 엄마의 사진, 노트, 상장, 옷가지, 인형······.

나는 상자 안에서 주황색 털로 짠 망토를 발견했다. 엄마가 아주 어릴 적 찍은 사진에서 봤던 옷인데 직접 보니 유물처럼 오래되어 보였다. 뜨개질이 취미였던 할머니는 종종 엄마 옷을 만들었다고 했다. 할머니가 만든 옷을 입고 뚱한 표정을 짓던 엄마의 어릴 적 사진을 보며 엄마랑 함께 웃었던 기억이 났다. 다시 그때를 떠올리며 웃어 보려 했지만 웃음이 나지 않았다. 망토에 달린 털 방울을 손가락 끝으로 살살 만지다가 망토에 얼굴을 묻었다. 오래된 망토에서 엄마 냄새가 날 리 없지만 나는 기어이 뭐라도 맡으려는 듯 숨을 들이마셨다. 퀴퀴한 먼지에 목구멍이 칼칼했다.

할머니는 망토를 걸치고 나온 나를 보며 혀를 찼다.

"하필 골라도 털옷을 골라."

"걸치는 건데 뭐 어때? 할머니, 나 진짜 추워. 여름인데도 뼛속까지 춥다고. 진짜 이상하지 않아?"

"이상하긴 뭐가 이상해. 할미도 잘 때 이가 딱딱 부딪힐 정도로 추워."

할머니도 밤새 추위에 떤다고 생각하니 명치 끝이 뻐근하게 아파 왔다. 무거운 감정을 털어 내려고 부러 큰 소리로 외쳤다.

"할머니, 나 이게 딱 맘에 들어."

"잘 어울리네."

할머니가 그제야 나를 보며 슬며시 웃었다.

다음 날, 할머니와 함께 숲을 걸었다. 어렸을 적 가 본 작은 암자로 향하는 길이었다. 여름 숲은 서늘하고 청량한 공기로 가득했고 흙냄새와 풀 냄새가 섞여 싱그러운 느낌을 주었다.

할머니는 법당 안에서 절을 하기 시작했다. 백 번 하고도 여덟 번이나 더 절을 한다고 했다. 숫자를 까먹을까 봐 절 한 번 하고 염주 알을 한 번 돌린다. 절 마당에는 할머니의 승복 바지가 스치는 소리와 목탁 소리만 들릴 뿐 고요했다.

어디선가 종소리가 들렸다. 처마 끝에 달린 풍경 소리인가 싶어 고개를 들어 올려다보았다. 바람 한 점 없이 고요해서 풍경은 마치 그림처럼 달려 있었다.

댕, 댕, 댕, 댕.

종소리가 맑고 은은하게 퍼졌다.

나는 소리에 이끌리듯 어딘가로 향했다. 절 앞마당의 탑을 지나 좁은 오솔길로 들어섰다. 숲이 우거져 주위가 어둑했다. 바람이 나뭇잎을 스치는 소리가 크게 들렸다. 털 망토를 걸쳤는데도 어깨와 등이 으스스 떨렸다.

숲 한가운데에 커다란 나무가 보였고, 그 위에 집이 있었다. 통나무로 만든 작은 오두막집. 이런 숲에 나무 집이 있다는 게 신기했다. 한번 올라가 볼까 망설이는 사이, 나무문이 삐걱, 소리를 내며 벌컥 열렸다.

"으아악!"

나도 모르게 비명을 질렀다.

"으허억!"

위에서도 괴상한 소리가 들렸다.

"야! 갑자기 소리를 지르면 어떡해! 아고, 엉덩이야. 너 때문에 엉덩방아 찧었잖아."

"미안, 너무 놀라서. 아무도 없는 줄 알았거든."

"아고고. 엉덩이야."

아이는 엉덩이를 문지르며 나를 내려다봤다. 내 또래처럼 보였다.

"근데 거기는 어떻게 올라간 거야?"

"뒤쪽으로 와 봐. 사다리가 있어. 그걸 타고 올라와."

나는 잠시 망설였지만 나무 사다리를 보는 순간, 올라가고 싶다는 생각이 들었다. 나무 사다리를 한 계단씩 올라 나무 집으로 들어갔다. 어렸을 적 엄마랑 같이 숲 체험으로 나무 집에 들어가 봤을 때를 제외하고는 처음이었다. 나무 집은 생각보다 아늑했다. 나무 바닥에 돗자리도 깔려 있고, 작은 테이블도 있었다. 조그맣게 창도 나 있어서 숲이 내려다보였다.

"와, 근사하다."

"그치? 여기 내 아지트야. 우리 아빠가 만들어 줬어. 너도 엄마 따라 절에 왔어?"

엄마라는 단어를 듣는 순간, 나도 모르게 입을 꾹 다물었다. 아이는 벽에 그림을 그리는 중이었다. 내가 아무 말도 하지 않자, 아이는 다시 벽에 그림을 그려 넣기 시작했다.

"넌 말이 별로 없구나. 말하기 싫으면 말하지 않아도 돼."

아이가 나를 향해 조용히 웃어 주었다.

지아가 내뱉은 말이 다시 떠올랐다. 아예 없는 존재, 그림자 같다는 말. 지아가 정말 나를 떠나면 어떡하지? 아무 말도 걸어 주지 않으면 어떡하지. 사실 걱정이 되긴 했다. 지아가 없다면 교실에서 지내는 게 더 힘들 거다.

"나 무슨 말을 해야 할지 잘 모르겠어."

"원래 말이 없는 편이야?"

아이가 나를 빤히 보며 물었다.

"원래는 아니었는데……."

나는 엄마 얘기를 해야 할 타이밍이 되자 다시 입을 꾹 다물었다.

"너도 같이 그릴래?"

아이가 내게 붓을 건넸다.

"그림을 그려서 꾸미려고. 원래 아빠랑 하려고 했었는데, 아빠가 약속도 안 지키고 돌아가셨거든. 근데, 괜찮아. 나 혼자 해도 되고, 친구랑 같이 해도 되니까."

나는 물감이 묻은 붓을 물끄러미 보다 입을 열었다.

"나도 엄마가 돌아가셨어. 엄마가 돌아가신 후로 말을 하고 싶지가 않아졌어. 주로 엄마랑 말을 많이 했었거든. 내 말을 잘 들어 주고 내 맘을 제일 잘 알아줬거든."

"너, 엄마랑 많이 친했구나."

아이가 나를 바라보며 활짝 웃었다. 왼쪽 볼에 보조개가 살짝 패였다 사라졌다.

"응."

나는 고개를 끄덕였다.

"나도 그랬어. 아빠랑 친했거든. 아빠가 없으니까 그림도 그리기 싫어졌었어. 근데, 아빠가 보고 싶어서 다시 그림을 그리기 시작했어. 그림을 그리다 보면 아빠랑 같이 있는 거 같거든."

나는 아이를 따라 붓에 물감을 묻히며 물었다.

"뭐 그리는 거야?"

"음, 여기를 숲처럼 꾸며 보려고. 꽃, 나무, 새……. 숲에서 볼 수 있는 건 뭐든 다 좋아. 내가 그리고 싶은 대로 그리려고. 너도 맘대로 그려."

아이가 쓱쓱 그림을 그리기 시작했다. 아빠 얘기를 들어선지, 눈빛이 조금 슬퍼 보였다.

나는 아이를 따라 벽에 그림을 그렸다. 엄마가 집에서 키웠던 나무를 떠올렸고, 나무 아래에는 조약돌을 그려 넣었다. 그림을 그리는 동안 마치 시간이 멈춘 것처럼 느껴졌다.

"너 그림 엄청 잘 그리는구나."

아이가 또 웃었다.

"엄마가 좋아하던 나무야. 우리 엄마는 그림 그리는 사람이었거든. 나무 그림을 제일 잘 그렸어. 나도 옆에서 따라 그리곤 했는데……."

"너랑 같이 그리니까 너무 재밌다."

아이의 볼에 보조개가 피는 모습을 찬찬히 보았다. 왼볼의 보조개. 저 모습을 어딘가에서 본 것 같다.

"나도 재밌었어."

그림을 그리는 동안, 이상하게 마음이 편안해졌다.

그때, 숲 너머에서 목소리가 들렸다. 말소리는 정확하게 들리지 않았다.

"나, 그만 가 봐야겠어. 엄마가 부르네. 예불 끝났나 보다."

아이가 나무 사다리를 타고 아래로 내려갔다.

"근데 넌 이름이 뭐야?"

아이가 위를 올려다보며 말했다.

"유진이. 강유진."

"예쁜 이름이네."

"넌 이름이 뭔데?"

"내 이름은 환희야. 이환희."

아이가 손을 가볍게 흔들더니 달려갔다.

"엄마?"

이환희는 엄마 이름이었다. 그 순간 엄마의 어릴 적 모습이 떠올랐다. 내가 방금 만난 아이가 엄마라는 걸 이제야 깨달았다. 내가 만난 적 없는 내 또래의 엄마. 엄마랑 얘기하면서도 여태 그걸 몰랐다니 바보 같았다. 말투, 웃음소리 모두 엄마랑 똑같았는데. 웃을 때 생기는 왼쪽 보조개까지. 완벽한 엄마였는데 왜 몰랐을까?

"엄마, 엄마! 가지 마!"

나는 엄마를 쫓아 달렸다. 하지만 엄마는 어디에도 보이지 않았다. 나는 숲을 헤매고 다녔다. 울창한 나무 사이를 달리고 또 달렸다. 나뭇잎 사이로 환한 햇살이 쏟아져 내렸다. 나는 숲에 홀로 남겨진 채 서 있었다. 엄마와 함께 있었던 나무 집은 조금씩 허물어져 재처럼 바람에 흩날렸다. 나는 날리는 재를 움켜잡으려고 손을 뻗었다. 어딘가로 날아가는 재를 쫓아 달리다 나뭇가지에 망토가 걸려 꽈당 넘어졌다. 바닥에 엎드린 채 나는 엉엉 울었다. 까진 무릎에서 피가 났고 망토는 올이 풀려 구멍이 커다랗게 났다. 내가 나아갈수록 구멍은 점점 커질 뿐이었다. 나는 숲이 울리도록 울었다. 그때, 할머니 목소리가 들려왔다. 먼 곳에서 나는 희미한 소리였다.

"유진아, 유진아. 그만 일어나."

"할머니?"

"눈 좀 떠 봐. 유진아."

댕, 댕, 댕, 댕.

어디선가 맑은 종소리가 울려왔다.

강유진 님의 리미트 서비스가 종료됩니다.

그 순간 기억이 났다. 리미트 서비스를 하기로 마음먹었다는 사실을. 내 머릿속은 현실과 가상 현실인 여름 숲 사이를 복잡하게 헤맸다. 머리가 아파 왔다. 나는 눈을 감았다가 다시 천천히 떴다. 눈가가 촉촉하게 젖은 할머니 얼굴이 눈에 들어왔다.

"할머니."

"엄마 잘 만났어?"

할머니가 내 손을 잡고 토닥였다. 내 머리에는 여러 갈래의 선이 붙어 있었고, 숲이 아닌 방이었다. 방에서는 숲 소리가 났다. 바람에 부딪히는 나뭇잎 소리, 재잘대는 새소리, 은은하게 퍼지는 숲 내음. 네모반듯한 하얀 방이었지만 냄새와 소리는 온통 여름 숲이었다.

나는 커다란 리클라이너 소파에 누워 있었다. 옆에는 초록색 가운을 입은 남자와 여자가 서 있었다.

"성공적으로 잘 구현된 것 같습니다."

남자가 미소를 지으며 말했다. 리미트 서비스 안내서에서 본 장면이었다.

나는 얼른 입은 옷을 살폈다. 망토를 입었다고 생각했는데, 망토는 내 손안에 있었다. 올이 풀린 곳도 없었다. 내 무릎도 멀쩡했다. 하지만 통증의 감각은 선명했다.

숲 깊은 곳에 연구소가 있었다. 연구소에서 나와 숲을 걸으면서 할머니에게 불쑥 물었다.

"할머니, 근데 왜 열네 살 엄마야?"

할머니도 어리둥절한 표정이었다.

"모르지. 딸이지만 니 어미 속을 난들 알겠냐."

엄마는 죽기 전에 미리 리미트 서비스를 신청했다. 왜 하필 열네 살의 엄마였을까? 열네 살이 된 내가 바보처럼 지낼까 봐 친구가 돼 주고 싶었던 걸까?

"나도 한번 봤으면 좋겠다. 딱 너만 한 우리 딸이 내 손녀에게 뭐라고 말했······."

할머니는 뒷말을 서둘러 뭉그러뜨리며 눈가를 몰래 훔쳤다.

"그나저나 유진아, 그렇게 질색하더니 왜 갑자기 마음을 바꿨어?"

"그냥."

"그냥?"

"엄마 보고 싶어서."

할머니한테는 말하지 않았지만, 어젯밤 다락에 다시 올라갔다. 박스 안에 있는 엄마 물건을 보고 또 만졌다. 물건들 사이에 리미트 서비스 안내서가 있었다. 리미트 서비스는 고인의 정보를 AI가 학습해서 실제 고인처럼 생각하고 말하는 가상 현실 서비스라고 한다. 그때까지만 해도 다 사기라고 생각했다. 책자를 덮으려는데 책갈

피 사이에서 뭔가가 툭 떨어졌다. 엄마가 직접 손 글씨로 작성한 신청서였다. 컴퓨터로 입력하기 전에 손 글씨로 몇 번이나 연습한 모양이었다. 비슷한 종이가 몇 장 뭉쳐 있었다.

어떤 모습으로든 유진이 곁에
잠시라도 있어 주고 싶습니다.
딸한테 도움이 될지 안 될지는 잘 모르겠습니다.
유진이의 선택에 온전히 맡기고 싶습니다.

날짜를 보니 엄마가 죽기 한 달 전쯤이었다. 엄마가 그때부터 죽음을 준비하고 있었다고 생각하니 가슴이 조이듯 아팠다.

엄마의 미안함과 걱정을 덜어 주고 싶은 마음이었다. 아니, 그건 핑계였을지도 모른다. 엄마처럼 나도 잠시지만 엄마 곁에 있고 싶었다.

오솔길을 걷는데 스마트폰이 울려 댔다. 지아가 보낸 메시지가 주르륵 떴다.

― 유진아, 너 왜 전화 안 받아?

너 나한테 말도 안 하고 할머니 집에 갔다며?

나한테 말도 안 하고 가고……. 힝.

　　언제 오는데? 응? 나 놀러 가도 돼?

"할머니, 지아가 놀러 오고 싶대."

"얼마든지."

― 할머니가 와도 좋대. 근데, 너네 엄마한테 허락 받고 와야 해. 미술 도구 챙겨 와. 같이 그림 그리자.

― 오케이!

지아가 고개를 심하게 끄덕이는 귀여운 이모티콘을 보내 왔다.

"친구가 온다니까 그렇게 좋아?"

나는 슬며시 웃으며 고개를 끄덕였다. 할머니가 내 머리를 쓰다듬어 주었다.

숲을 통과하니 쭉 뻗은 이차선 도로가 나왔다. 도로 옆 주차 공간에 익숙한 차가 주차되어 있었다. 할머니가 운전석에 올랐다.

"아빠가 일 빨리 끝내고 너 데리러 온다더라. 혼자 보낸 게 미안했던지 서둘러 온다는 걸 내가 안 그래도 된다고 했어. 유진이는 괜찮을 거라고."

"아빠도 내가 엄마 만난 거 알아?"

할머니가 고개를 끄덕였다.

여름 숲에서 우리는 67

엄마가 나한테만 깜짝선물을 준비한 건 아니었다. 엄마가 신청한 리미트 서비스에는 아빠를 위한 것도 있었다. 둘만의 여행 약속을 못 지켜 미안하다고 했으니 아빠는 어디 먼 휴양지에서 엄마를 만날지도 모르겠다. 물론 할머니를 위한 선물도 있다. 서로 닮은 두 할머니가 마루에 앉아 텃밭을 바라보며 이야기 나누는 모습을 상상해 보았다. 두 할머니는 얼마나 닮았을까? 두 할머니는 무슨 이야기를 나눌까. 볼 수만 있다면 나도 살짝 엿보고 싶었다.

주머니에 넣어 둔 보이스를 꺼냈다. 이어폰을 끼고 둥그렇고 따스한 몸체를 손으로 매만졌다.

"유진아."

나를 부르는 엄마 목소리가 들렸다. 마음 깊은 곳에서 슬픔이 조금씩 차올랐다. 목소리만으로도 마음이 일렁이며 눈물이 고였다. 차창을 열어 여름의 냄새를 가슴 깊숙이 들이마셨다. 열네 살 엄마의 모습을 다시 떠올려 보았다. 왜 열네 살이었는지 조금은 알 것도 같았다. 창밖으로 손을 내밀어 부드러운 바람을 느꼈다. 눈가에 흐르는 눈물이 바람에 마르도록 그대로 두었다. 차는 천천히 숲길을 빠져나갔다.

안녕으로 가는 길

버스는 종로 거리를 지나 광화문 사거리로 들어서고 있었다. 약속 장소에 가려면 다음 정거장인 서울 역사 박물관에서 내려야 한다. 재희는 버스 하차 벨을 누를까 말까 고민했다. 엉덩이가 차마 떨어지지 않았다. 누군가 벨을 누르면 내리고, 아무도 누르지 않으면 그냥 가자고 마음먹을 때였다. 삐, 소리와 함께 하차 벨에 붉은 등이 켜졌다.

버스에서 내리자마자 더운 열기가 훅 끼쳐 왔다. 재희는 언덕 위를 천천히 걸었다. 약속 장소는 독립 영화관 아래 위치한 카페였다. 카페로 향하는 언덕은 그늘 한 점 없는 땡볕이었다. 여름 한낮에 언덕을 오르려니 얼굴이 토마토처럼 붉어지고 숨이 턱까지 차올랐다. 해봄은 왜 하필 그 카페에서 만나자고 했을까?

해봄은 쌍둥이 동생 재우의 여자 친구였다. 재희는 가끔 재우랑 이 언덕을 올랐다. 재우는 독립 영화 보는 걸 좋아해서 영화관을 자주 다녔고 영화가 끝나면 카페에서 영화 이야기로 수다 떠는 걸 좋아했다. 어쩌면 해봄과 데이트할 때도 이곳에 왔을지도 모른다. 이제야 해봄이 왜 이 카페에서 보자고 했는지 짐작이 갔다.

재희는 독립 영화를 좋아하지 않는다. 영화가 무슨 이야기를 하는지도 모르겠고 화면은 또 엄청 느리게 흘러간다. 재우랑 가끔 극장에 갈 때도 재희는 고개를 끄덕이며 졸 때가 더 많았다.

"졸리기만 한 영화를 왜 돈 내고 봐? 이해가 안 가."

극장을 나오면서 재희가 툴툴대면 재우는 웃으며 말하곤 했다.

"원래 독립 영화는 졸면서 보는 거야. 표를 끊고 일단 극장에 들어가는 게 중요하지."

재우가 그렇게 말하면 재희는 그냥 같이 웃고 말았다.

재희와 재우는 이란성 쌍둥이로 외모가 별로 닮지 않았고, 성격은 더 달랐다. 어릴 때는 세상 둘도 없이 다정한 남매였지만 커 갈수록 둘을 비교하는 주변 시선 때문에 이유 없이 불편해졌고, 조금씩 거리감이 생겼다. 한번 생긴 거리감은 좀처럼 좁혀질 줄 몰랐고, 둘은 평행선처럼 다른 길을 걷는 듯했다. 그래도 재우는 재희에게 다정한 동생이었다.

카페 안은 고요했다. 역시 해봄은 아직이다. 늘 약속 시간보다 늦는 아이니까 당연하다. 약속 시간인 두 시에서 딱 10분만 더 기다리자고 재희는 생각했다. 재우는 매번 늦는 해봄을 만날 때도 늘 시간에 맞춰 나갔다. 10분쯤 늦게 나가라고 말해도 매번 괜찮다며 웃었다.

"기다린다고 생각하면 십 분이 긴 시간인데 혼자 보내는 시간이라 생각하면 길지도 않아. 나 멍때리라고 일부러 늦게 오는 거야."

"넌, 참 속도 좋다. 그렇게 버릇 잘못 들이면 너 나중에 큰일 나."

"누나나 잘해. 누나처럼 깐깐한 사람 좋아하는 사람 별로 없거든."

재희는 카페 책장에 꽂힌 책등의 제목을 훑으며 멍때려 보려고 노력했다. 재우처럼 해 보려 해도 잘 되지 않았다. 왜 사람을 기다리게 하는지, 왜 남의 귀한 시간을 훔쳐 가는지 이해할 수 없었다. 속에서 화가 부글부글 끓어오르려는 순간, 딸랑, 문 여는 소리가 들렸다.

해봄은 많이 변해 있었다. 사실 걸음걸이가 아니었으면 해봄인 줄도 몰랐을 거다. 해봄은 걸음걸이가 좀 특이했는데, 툭툭 다리를 내던지듯이 걸었다. 이상한 그 걸음걸이조차 재우는 해봄답다고 좋아했다. 재희는 해봄과 같은 반이었지만, 별로 친하지 않았다. 재우랑 몇 번 같이 만났을 뿐 재희는 해봄이 맘에 들지 않았다. 혼자서는 아무것도 못 해서 징징대는 아이, 오지랖만 넓어 피곤한 스타일. 왜 하필 재우가 해봄 같은 애랑 사귀는지 이해할 수 없었다.

"오랜만이다."

해봄이 손을 흔들며 말했다. 해봄은 치렁치렁하던 긴 머리가 짧아졌고 밀가루 반죽처럼 하얗던 피부가 잘 구운 빵처럼 노르스름해졌다. 짙은 눈 화장 때문에 웃는 표정인지, 화난 표정인지 알 수가 없었다.

"마실 것부터 주문하자."

어색한 공기를 깨고 재희가 말했다. 재희는 재빨리 일어나 카운터로 향했다. 해봄의 얼굴을 마주 보기가 어색했다.

"뭐 마실래? 내가 살게."

해봄이 뒤따라오며 말했다.

"아니야. 그냥 각자 해. 그게 편해."

재희가 재빨리 주머니에서 카드를 꺼내 직원에게 건넸다. 원래도 친구끼리 더치페이가 편하지만 해봄한테는 커피 한 잔도 얻어먹고 싶지 않았다.

재희는 음료가 준비되는 동안 카운터 앞에 서서 기다렸다. 음료가 나오고 자리에 앉자마자 재희가 입을 열었다.

"왜 보자고 했어? 우리 같이 카페 가는 사이 아니잖아."

"같이 카페 갈 친구는 있고?"

해봄이 바로 맞받아 대꾸했다. 외모만큼이나 성격도 어딘가 좀 변한 것 같았다. 우물쭈물 말을 느리게 하던 해봄이 아니었다.

"재우 관련한 이야기가 뭐야? 재우 물건은 또 뭐고?"

재희가 말했다.

"숨 좀 돌리고. 시간도 많은데 급할 거 없잖아."

해봄이 카푸치노를 한 모금 들이켜고 말했다. 흰 커피잔에 립스틱 자국이 선명했다.

"나랑 어디 좀 같이 가."

해봄이 입가에 묻은 거품을 손등으로 닦으며 말했다.

부탁도 권유도 아닌 명령조가 재희는 거슬렸다.

"싫은데."

"어딘지도 안 물어보고 싫대."

"어딘지가 중요한 게 아니지. 누구랑이 중요한 거지."

"재우 편지인데 안 궁금해? 그거 찾으러 가는 건데."

재희는 순간 멍해졌다. 차가운 유리잔에 맺힌 물방울이 또르르 떨어지는 것만 바라보고 있었다.

"너 안 마시면 나 한 모금 마셔도 되지? 아까 시럽을 많이 넣었나 봐. 너무 달아."

해봄이 재희의 아이스아메리카노를 가져가 홀짝 또 홀짝 마셨다. 재희는 유리잔에 생긴 선명한 립스틱 자국을 노려보았다.

"재우 편지라니?"

재희는 해봄의 말을 믿을 수 없었다. 해봄은 종종 아무렇지 않게 거짓말을 늘어놓고 장난이라며 웃어 버리는 아이니까.

"재우랑 나랑 전에 독립 서점에 갔었어. 거기서 '만 원의 행복'이라는 이벤트를 했거든. 일 년 후 도착하는 편지 이벤트였는데, 그때 재우가 나랑 너한테 편지를 썼어. 그거 찾으러 가자는 거야. 아직 일 년은 안 됐지만 나는 그때 되면 못 받을 수도 있거든."

재희는 해봄의 말을 믿어야 하나, 고민했다. 재우는 독립 서점도 독립 영화관 못지않게 드나들었을지도 모른다. 재우라면 분명 만 원의 행복인지 뭔지 하는 이벤트에 참여했을 거다. 하지만 해봄과 그곳을 함께 가고 싶진 않았다.

"편지를 보냈으면 기한에 맞춰 오겠지. 서점 이름이나 알려 줘."

재희는 다시는 연락하지 말라는 말을 덧붙이며 일어나려던 참이었다. 그런데 해봄이 더 빨랐다. 해봄은 자리에서 벌떡 일어나더니 재희를 향해 툭 내뱉듯 말했다.

"알았어. 그럼, 나 혼자 찾아올게."

해봄이 남은 카푸치노를 쭉 마시더니 잔을 내려놨다. 그러곤 그대로 카페를 나갔다. 재희가 뒤따라가 해봄을 돌려세웠다.

"서점 이름 알려 달라니까."

재희가 해봄을 쏘아보며 말했다.

"너는 기다렸다 받는다며."

거친 재희의 말투와 달리 해봄은 무덤덤한 말투로 대꾸했다.

재희는 속을 알 수 없는 해봄의 얼굴을 빤히 보았다. 짙은 화장 뒤에 숨겨진 해봄의 마음을 알 수 없어 납답하고 불안했다.

재우 장례식장에서 해봄은 하염없이 울었다. 결국 실신해서 쓰러진 해봄을 아이들이 챙겨 병원에 데려갔다. 왜? 자기가 뭐라고? 재희는 자신보다 더 크게 울고 슬퍼하는 해봄이 불편했다. 그 후로 해봄의 소식을 듣지 않으려고 했다. 해봄은 재우의 장례식 이후, 며칠간 학교에 나오지 않았다. 우울증으로 치료를 받는다는 소식을 들었지만, 재희는 모른 척했다. 해봄을 떠올리는 것만으로도 재희는 힘들었다. 마음이 여리고 상처도 잘 받아 누군가 보듬어 줘야 하는 아이가 해봄이었다.

"너 해봄이 좋아하는 거 아니야! 너 걔 불쌍한 거잖아. 그거 연민이지 사랑 아니야."

재희의 말에 재우는 얼굴이 굳은 채 말했다.

"한 번만 더 그런 말 하면 다음엔 안 참아. 내 감정인데 왜 누나가 함부로 판단하고 비난해? 잘 알지도 못하면서 판단하지 마. 자기가 다 안다고 생각하지도 말고. 그런 태도로 누나는 언젠가 자신도 비난할 거야. 난 그게 걱정이야."

재희는 재우의 낯선 모습이 아직도 생생했다. 재희는 내내 그 말이 아팠다. 재우한테 들은 말 중에 가장 잊히지 않는 말이었다. 언젠가는 자신을 비난할 거라는 재우의 말이 저주처럼 달라붙어 떨어지지 않았다.

해봄은 재희와 조금 떨어져서 버스 정류장을 향해 걸었다. 해봄의 앞으로 재희의 그림자가 흔들리고 있었다. 해봄은 재희가 순순히 따라오는 것을 보며 속으로 안도했다. 재희가 고집을 피우고 가 버리면 어쩌나, 아니 약속 장소에도 나오지 않으면 어쩌나 내심 걱정했다.

해봄은 몇 주 전 낯선 동네에서 우연히 재희를 만났다. 아니 재희는 자신을 보지 못했으니 그저 보았다고 해야 맞을지도 모르겠다.

'학교에 있어야 할 시간에 재희는 어디로 가는 걸까?'

재우가 죽고 재희는 다른 동네로 전학을 갔다. 그 후로 소식을 못 듣다가 나중에야 알게 되었다. 정시로 더 좋은 대학을 가기 위해 재희가 학교를 자퇴했다는 것을. 다시 만난 재희는 불안해 보였다. 언제나 단단한 아이였는데, 해봄이 알던 재희가 아닌 것 같았다. 해봄은 무거운 배낭을 메고 어딘가로 향하는 재희를 따라갔다.

버스 정류장에서 무표정으로 서 있는 재희를 보면서 해봄은 마음이 철렁, 내려앉았다.

1711번 버스가 정류장을 향해 달려왔다. 해봄이 버스를 타자, 재희는 잠시 망설이다 따라 탔다. 해봄이 빈자리로 가 앉았다. 재희는 해봄과 조금 떨어진 자리에 섰다. 해봄은 버스 차창으로 들어오는 햇살에 눈이 부셨다. 재우를 처음 만난 날이 떠올랐다.

고1 여름 방학을 몇 주 앞둔 초여름이었다. 그날 해봄은 가방을 멘 채 버스 정류장에 덩그러니 서 있었다. 죽어도 학교 가기 싫은 날이었다. 아무것도 하지 않고 서 있어도 시간은 속절없이 흘러갔고 버스를 타도 이미 지각이란 걸 알았을 때, 이상하게 맘이 편안해졌다. 아무 버스나 타자고 생각하고 제일 먼저 오는 버스에 훌쩍 올라탔다. 버스 맨 뒷자리에 앉았는데 바로 앞자리에 같은 학교 교복을 입은 남자아이가 꾸벅꾸벅 졸고 있었다. 학교 가는 버스가 아닌데, 졸려서 잘못 탄 모양이라고 생각하며 해봄은 피식, 웃었다. 해봄은 버스 창 너머로 낯선 풍경을 구경했다. 이상하게 마음이 간질간질 설레고 속이 뻥 뚫리는 기분이 들었다. 버스는 모르는 동네를 달리고 서고, 또 달렸다.

어느새 버스가 종점에 도착했고 남자애는 여전히 졸고 있었다. 해봄이 내리려는데 버스 기사 아저씨가 말했다.

"학생, 친구 깨워서 같이 내려야지."

"친구 아닌데요?"

"같은 학교면 다 친구지. 얼른 깨워!"

해봄이 남자애 어깨를 슬쩍 흔들었다. 남자애가 부스스 눈을 뜨더니 멀뚱히 해봄을 바라보았다. 그 애가 재우였다.

버스 종점은 한적하고 구석진 곳이었다. 어느 동네인지도 모르는 텅 빈 곳에 둘은 멀뚱히 서 있었다. 재우가 뒷머리를 긁적이며 먼저 입을 열었다.

"아이스크림 먹을래?"

둘은 편의점을 찾아 한참을 걸었다. 편의점에서 아이스크림을 하나씩 골라 물고 또다시 걸었다. 누가 먼저 걷자고 한 것도 아니었고 딱히 목적지가 있는 것도 아니었다. 둘은 그냥 걸었다. 해봄은 아이스크림을 물고 아무렇게나 걷는 동안 마음이 편안해졌다. 재우는 해봄에게 이런저런 말을 걸었지만 왜 학교에 가지 않았느냐고 묻지 않았다.

그날 이후 해봄의 눈에 자꾸 재우가 들어왔다. 복도에

서 지나칠 때도 눈이 마주쳤고, 급식실에 들어서면 재우부터 찾았다. 재우는 창가 쪽 자리를 좋아해서 쉽게 눈에 띄었다. 한번은 해봄이 재우 맞은편에 앉아 밥을 먹기도 했다. 재우가 좋아하는 자리 앞에 해봄이 먼저 자리를 잡았고, 재우가 자기 자리를 찾아 앉았다. 재우는 해봄을 보며 웃어 주었다. 그 후로 해봄은 매번 재우 맞은편에 앉아 밥을 먹었다.

먼저 사귀자고 한 건 누구였을까, 해봄은 문득 기억을 떠올려 보았다. 자신이 먼저 좋아한 건 맞는데 사귀자고 말한 건 재우였던 것 같다. 재우가 말하지 않으면 못 배길 만큼 해봄이 온몸으로 표현했다. 네가 이래도 말 안 할 거야? 내가 이렇게 널 좋아하는데?

재우는 공부를 딱히 잘하는 것도 아니고, 운동은 더 못했지만 같이 있으면 편안하게 하는 재주가 있었다. 다른 남자애들처럼 허세를 부리지도 않았고, 이기적으로 굴지도 않았다. 재우는 낮고 부드러운 목소리로 천천히 말했다. 재우의 말을 듣는 게 해봄은 참 좋았다.

"너 그날 왜 학교 안 갔어? 우리 처음 만났던 날."

사귄 지 조금 지났을 때 해봄이 재우에게 물었다. 그날이 아니었으면 재우라는 아이를 좋아하게 됐을까, 해봄은 그날의 우연이 좋았다.

"기분이 안 좋아서. 성적 때문에 아빠한테 한 소리 들었거든. 욕을 진탕 먹었더니 학교는 가서 뭐 하나 싶더라. 공부에 재능이 없는데, 못하는 걸 계속해야 하는 상황이 답답했어."

"나도 성적 때문이었는데."

"너는 전교권 아니야?"

"공부 잘하는 애들이 더 스트레스받는 거 몰라? 엄마한테 용돈도 뺏기고 폰도 뺏길 뻔했어. 성적 떨어졌다고. 우리 엄만, 자기 목표를 나를 통해 이루려고 해. 진짜 최악이야."

"우리 누나는 공부 때문에 스트레스 안 받던데."

"누나? 누나가 공부 잘해?"

"응. 박재희가 누나야."

"뭐? 우리 반 왕재수 박재희?"

해봄의 반응에 재우가 피식 웃었다.

"쌍둥이거든. 이란성이라 사람들이 잘 모르더라고. 일부러 학교에서는 모른 척해."

그제야 해봄은 이해가 갔다. 가끔 재희랑 같이 걷는 재우를 본 적이 있었다. 이름이 비슷한데도 눈치를 채지 못

했다. 너무 다른 성격과 성적 때문이었는지 모른다.

"전교 일 등이면 나도 스트레스 안 받지."

"그게 아니라, 우리 누나는 공부를 좋아해. 재밌대. 열심히 하면 결과가 바로바로 나오는 게 좋대. 쌍둥이라서 그런지 누나가 무슨 말을 해도 다 이해되거든. 근데 공부가 재밌다는 건 정말 이해가 안 가더라."

"넌 왜 공부를 못하냐? 같은 뱃속에서 같은 날 나왔는데."

"우리 엄마도 그게 이상하대. 아이큐는 비슷했다고 하던데. 공부 머리는 따로 있나 봐. 아무튼 난 공부랑 상관없이 재미있게 자-알 살 거야."

'그래, 너라면 그럴 수 있을 거야.'

마음으로는 이런 생각이 들었는데, 그때 해봄은 다른 말을 했던 것 같다.

"네가 길을 좀 잘 찾아서 증명해 보든지!"

재우는 그저 웃었다. 자신이 꼭 그 길을 보여 준다고 했다. 하지만 재우는 그 길을 걷기도 전에 사라져 버렸다. 멀쩡한 인도 위로 차가 달려들었다. 그 길에 재우가 있었다.

재희는 버스 노선도를 훑었다. 경복궁역을 지나 부암

동으로 향하는 버스였다. 버스 노선 어느 구역이 재우와 관련이 있을까. 재희는 머리를 굴려 보았지만 딱히 떠오르는 지명은 없었다.

"어디서 내려야 하는데?"

재희가 해봄을 향해 말했다.

"내릴 때 되면 알려 줄게. 좀 앉아."

재희는 흔들리면서도 고집스럽게 서 있었다. 해봄은 그러거나 말거나 창 쪽으로 시선을 돌렸다.

해봄은 종종 재우랑 버스를 타고 아무 곳에서나 내렸다. 재우는 어느 동네에서든 근사한 골목길을 찾아내는 재주가 있었고, 그 풍경을 영상에 담았다. 평범한 음식도 재우랑 먹으면 특별한 음식이 되었다. 해봄이 엄마의 폭언을 견딜 수 있었던 이유도 재우가 곁에 있어서였다. 기분 나쁜 날도 재우랑 같이 있다 보면 결국 웃는 순간이 있었다. 해봄은 재우가 늘 자기 옆에 있을 줄 알았다.

해봄은 스마트폰 사진 폴더를 열어 재우가 찍은 동영상을 보았다. 좁은 골목을 걸으며 찍은 영상이었다. 담벼락에 무늬를 만드는 빛과 그림자, 햇살에 반들반들 윤기를 내는 담장 너머 나뭇잎, 오래되어 갈라진 시멘트 길바닥, 그 길을 투덜대듯 타박타박 걷는 해봄의 흰 운동화.

"씩씩하게 걸어야지. 이해봄."

"힘든데 어떻게 씩씩하게 걷냐고! 박재우, 네가 나 업고 가!"

해봄은 이어폰에서 흘러나오는 자신의 목소리를 들으며 인상을 찌푸렸다. 왜 저렇게 징징댔을까. 해봄은 음량을 줄이다가 다시 최대한으로 소리를 키웠다. 곧 재우의 웃음소리가 나올 차례다. 재우의 웃음소리는 희미해서 소리를 최대로 키워야 겨우 들릴락 말락 했다. 영상 중간중간에 나오는 재우의 목소리와 웃음소리를 들으며 해봄은 눈을 감았다. 마치 옆자리에 재우가 앉아 있는 것 같은 느낌이 들었다. 영상을 찍은 날도 차창으로 햇살이 쏟아졌었다. 버스 뒷좌석에 나란히 앉은 둘은 창으로 들어오는 햇살에 눈 부셔 했다. 해봄은 햇살을 가려 주던 재우의 커다란 손이 그리웠다. 재우가 많이 보고 싶었다.

재희는 스마트폰을 보면서 미소 짓는 해봄을 바라보았다. 곧 해봄의 눈가가 붉어졌다. 재희는 해봄을 향하던 시선을 얼른 창밖으로 돌렸다. 버스가 자하문 터널 속으로 빨려 들어갔고, 곧 어둠 속에 잠겼다. 터널을 통과하는 동안 재희는 잠시 눈을 감았다. 재우는 해봄과 이 버스를 탔을까, 이 터널을 지났을까, 자신은 모르는 재우의 일상을 알고 있는 해봄이 미웠다. 아니, 재우를 마음껏 그리워할 수 있는 해봄이 미치도록 부러웠다.

  아빠는 욕심이 없고 의지가 약하다며 재우를 걱정했지만, 사실 불안을 안고 사는 건 재우가 아닌 재희였다. 원하는 것을 이룰 때마다 재희는 불안했다. 다음번엔 가지지 못할까 봐, 실패할까 봐 두려웠다. 재우는 욕심은 없었지만 자기가 뭘 좋아하는지를 천천히 알아 가고 있었고, 의지가 약한 게 아니라 자기만의 속도로 살아가던 아이였다. 재우가 왜 그리 빨리 가야 했는지, 재희는 세상일이 납득되지 않았다. 재희가 공부를 좋아했던 건 열심히 하면 딱 그만큼 결과가 따라왔기 때문이다. 공부는 공평하고 신뢰할 수 있었다. 하지만 세상은 아니었다. 세상은 불공평하고 신뢰할 수 없었다. 그럴수록 불안은 더 커져 갔고, 공부해서 성공한들 무슨 소용인가 싶었다.

  끼익, 버스가 급정거하는 바람에 재희가 손잡이를 놓치고 주저앉았다. 버스 기사가 창을 열고 버럭 욕지거리를 해 댔다. 재희는 속이 울렁거렸다. 귓속에서 윙윙 이명이 들려왔다. 날카로운 브레이크 소리에 이어 쾅, 쾅, 무언가 크게 부딪히는 소리가 귓가를 때렸다.

그날, 트럭과 부딪힌 차량이 인도로 돌진했고 그곳에서 있었던 재우가 공중으로 떠올랐다. 뉴스는 너무나 자세히 사고 상황을 묘사했고 보지도 않은 그 장면이 재희의 머릿속에서 숱하게 되풀이되었다. 재희가 고개를 숙이고 두 귀를 감쌌다.

"너, 괜찮아?"

해봄의 목소리가 멀리서 들려오는 것처럼 아득했다.

"재희야, 너 괜찮냐고?"

"괜찮아. 나, 괜찮아……."

재희가 천천히 흔들거리며 일어났다.

"아저씨, 내려 주세요."

재희의 나지막한 목소리가 버스 소음에 묻혀 사라졌다.

"아저씨, 세워 달라고요. 친구가 토할 거 같대요!"

해봄이 버럭 소리를 질렀다. 버스 안 사람들이 모두 재희를 쳐다보았다. 버스가 천천히 섰다.

버스가 떠나자 자욱한 먼지바람이 일었다. 재희가 허리를 굽히고 헛구역질을 했다. 아침에 마신 커피 말고 먹은 게 없어서 아무것도 나오지 않았다.

길가에 한참을 쪼그려 앉아 있던 재희가 천천히 몸을

일으켰다.

"서점에 가려면 몇 정거장 더 가야 하는 거야?"

"너, 버스 탈 수 있겠어? 얼굴이 창백해."

"그럼 이 날씨에 걷자고?"

오후 세 시, 여전히 해가 뜨거웠다.

해봄이 가방에서 우산을 꺼내 펼쳤다.

"우산 쓰고 가면 걸을 만해. 몇 정거장 안 되니까 걷자. 더우면 쉬다 가면 되고."

해봄이 재희를 향해 우산을 기울였다.

"괜찮아. 너나 써."

재희가 앞서 걸었다. 해봄이 우산을 쓴 채 재희 뒤로 멀찍이 떨어져 걸었다. 쓰러질 듯 휘청이며 걷는 재희를 해봄은 불안하게 바라보았다.

오래된 연립 주택과 카페가 혼재한 골목길을 걸었다. 이따금 그늘진 길도 있었지만 속수무책으로 햇빛이 내리쬐는 길이 대부분이었다. 재희는 머리가 어지러웠지만, 쉬었다 가자는 말은 나오지 않았다.

해봄이 가방에서 물병을 꺼내 재희에게 건넸다.

"물 마실래?"

재희가 고개를 내저었다. 해봄이 물병을 열고 벌컥벌

컥 물을 마셨다. 입가를 적시던 물줄기가 목까지 흘러내렸다. 재희는 입안이 바짝 말랐지만 해봄에게 물 한 모금도 얻어 마시고 싶지 않았다.

　물을 마신 해봄은 생생한 연둣빛을 내뿜는 이파리처럼 활기가 돋았다.

"다시 걸어 볼까?"

　어딘가 신나 보이는 해봄이 재희는 못마땅했다.

　오래된 양복점과 표구사를 지났다. 다시 골목이 나오고 골목 어귀에 다 쓰러져 가는 작은 구멍가게가 보였다. 행운 슈퍼라고 쓰여 있는 가게는 영업을 할까 싶을 정도로 고요했다.

"재우랑 여기서 아이스크림 사 먹었었는데. 재우 쌍둥이바 좋아하잖아. 어릴 적에 너랑 나눠 먹었다고 자랑하더라."

　재희는 아무렇지 않게 재우 이야기를 불쑥 꺼내는 해봄이 불편했다. 재우를 떠올리면 재희는 가슴이 조여 와 숨이 잘 쉬어지지 않았다.

"너 다 거짓말이지? 나 돌아갈래!"

　재희가 버럭 고함을 질렀다.

"가고 싶으면 가. 가도 되는데……."

해봄이 순순히 말했다.

"편지 같은 게 있을 리가 없잖아. 재우가 왜 나한테 편지를 써. 설사 썼다 해도 일 년 후에 집으로 오겠지."

재희가 저벅저벅 뒤돌아 걸었다. 발걸음이 위태로워 보였다.

"박재희, 잠 안 오면 낮에 좀 걸어 봐. 수면제 먹지 말고."

해봄이 재희 뒤통수에 대고 외쳤다.

"뭐?"

재희가 걸음을 멈추고 뒤돌아섰다.

"너 수면제 사잖아."

우산 아래 그늘진 해봄의 얼굴이 보였다.

"너 나 미행했어? 너 스토커야? 수면제 산 걸 어떻게 알았어?"

"오해하진 마. 우연히 네가 약국에서 나오는 걸 봤어. 근데 진짜 수면제 산 거 맞았구나. 그냥 때려 맞혔는데."

"뭐?"

"그날 약국에서 나오는 널 보는데 꼭 나 같았거든. 수면제를 사러 다니던 내 표정과 너무 닮았었어. 그래서 수면제라고 생각했는데. 정말 맞았네."

재희 얼굴이 조금씩 일그러졌다.

"미안해. 너를 보고 그냥 잊어버렸어야 했는데, 그걸 못 했네. 재우가 등 떠미는 거 같았어. 보고도 못 본 척, 알면서도 모르는 척하는 건 비겁한 거라고 재우가 그랬거든. 그러니까 욕하고 싶으면 재우 욕해."

재희는 거의 울 것 같은 표정이었다. 애써 울음을 삼키는 재희를 향해 해봄이 말했다.

"근데, 약국에서 나오는 걸 보지 않았어도 네가 엉망진창이라는 건 딱 봐도 알겠더라. 다크서클에 토끼처럼 눈도 빨개져서는."

"야, 이해봄, 네가 뭔 상관인데?"

"너 재우 누나잖아."

"뭐?"

"말했잖아. 재우가 등 떠밀어서 그런 거라고. 재우 때문이라고. 믿기지 않겠지만 그냥 좀 믿어. 사람 말 좀 믿으면서 살아."

해봄이 말을 멈췄다. 더 말했다가는 재희가 지푸라기처럼 그대로 무너져 내릴까 두려웠다.

"그만 가자. 너 그러다 쓰러지겠어. 버스 정류장까지 데려다줄게."

해봄의 말에 재희가 아무 대꾸 없이 돌아섰다.

"가자고. 내 말 안 들려?"

해봄이 재희의 어깨를 돌려세웠다. 재희가 그제야 퀭한 눈으로 해봄을 보았다.

"이해봄, 너 진짜 나한테 왜 이래? 왜 나타나서 사람을 괴롭히냐고!"

재희가 어깨에 놓인 해봄의 팔을 홱 뿌리쳤다. 해봄의 팔이 툭 떨어져 제멋대로 흔들렸다. 재희가 그 자리에 풀썩 주저앉았다. 재희의 동그랗고 마른 등을 바라보는 해봄의 눈에 물기가 차올랐다. 재희의 등이 가늘게 떨렸다.

"난 그냥 너를 끄집어내고 싶었어. 좀 걷게 하고 바람도 좀 쐬게 하고 햇볕도……. 하, 근데 그러기엔 날이 너무 덥긴 하다. 돌아가자. 일사병 걸리겠다."

해봄이 주위를 둘러보더니 재희를 일으켜 세웠다.

"잠시만 일어나 봐. 저쪽으로 가자."

해봄은 재희를 그늘진 빌라 계단에 앉혔다.

"여기서 잠깐 기다려."

해봄이 햇빛 속으로 달려 나갔다.

재희는 벽에 기댔다. 더운 바람이지만 그늘에 있으니 조금씩 숨이 쉬어졌다. 그늘 속에서 눈부시게 환한 곳을 바라보면서 재희는 천천히 숨을 내쉬고 들이쉬었다.

안녕으로 가는 길

한참 만에 해봄이 생수병 두 개를 양손에 아령처럼 쥔 채 종종거리며 달려왔다. 얼마나 멀리까지 갔다 왔는지 앞머리가 땀으로 흠뻑 젖어 달라붙어 있었다.

"자, 시원한 물 마셔."

해봄이 생수병을 따서 재희 손에 쥐여 주었다. 차가운 생수병이 손에 닿자 정신이 번쩍 났다. 재희는 꿀꺽꿀꺽 물을 마셨다. 해봄이 또 다른 생수병을 재희 얼굴에 갖다 댔다. 달아올랐던 얼굴이 식으면서 머리도 조금씩 맑아졌다.

한참 동안 둘은 빌라 계단에 쪼그린 채 앉아 있었다. 땀이 좀 식자, 해봄이 엉덩이를 털고 일어났다.

"엉덩이 아프다. 너도 일어나."

재희가 멍한 눈빛으로 해봄을 올려다봤다.

"버스 정류장 찾아봐야지. 집으로 돌아가자."

"싫어, 이대로는 못 가. 독립 서점 이름 뭐야? 얼마나 먼지 확인해야겠어."

"'책방, 안녕'인가 '안녕한 책방'인가 헷갈려. 암튼 이름에 안녕이 들어간 서점이었어."

재희가 스마트폰을 켜고 검색을 했다.

"둘 다 틀렸어. 서점 이름은 '안녕, 책방'이거든."

"안녕이 들어가는 건 맞잖아."

재희가 엉덩이를 툭 털고 일어났다.

"걸어서 십이 분 걸린다고 나오네. 가자. 여기까지 온 게 아까워서 가 봐야겠어."

"그럼 물도 계속 마시고 우산도 쓰고 가. 안 그럼 난 안 따라가. 나 없으면 너한테 편지 안 내줄걸."

재희가 해봄한테서 우산을 뺏어 펼쳤다. 그러고는 앞장서서 걷기 시작했다. 해봄이 재희 옆에 살짝 떨어져서 걸었다. 해봄의 얼굴로 오후 햇살이 내리꽂혔다.

"네 우산이잖아. 붙어서 걸어."

재희가 해봄 쪽으로 바짝 붙었다. 우산 아래 재희와 해봄이 있었다.

정확히 12분이 지나자 두 사람 눈앞에 서점이 나타났다. 서점 문 앞에는 임대 문의, 부동산 전화번호가 적힌 스티커가 붙어 있었다. 내부는 텅 비어 있고 간판이 달렸던 흔적만 남아 있을 뿐 '안녕, 책방' 간판은 없었다.

재희와 해봄은 망연자실한 표정으로 서점 앞에 우두커니 서 있었다.

"망했다."

해봄이 웅얼거리듯 말했다.

씩씩하게 잘 걸어온 재희가 서점 앞 낡은 나무 벤치에 털썩 앉았다.

"괜찮아? 또 어지러워?"

해봄이 생수병을 다급하게 꺼내 건넸다.

"진짜 서점 망한 거야? 문 닫은 거야?"

"그런 거 같아. 요즘 동네 서점들 많이 문 닫는다더니 진짜네."

"그럼, 재우 편지는?"

"일 년 후에 집으로 보내 주겠지. 망했다고 남의 편지를 안 보내 주진 않겠지."

"안 보내 주면? 어떡해?"

재희는 유리창에 바짝 얼굴을 붙이고 서점 안을 살폈다. 재우의 편지가 어딘가에 있는 것처럼 재희는 텅 빈 서점을 구석구석 눈에 담았다.

"정말 여기가 서점이었던 거 맞아? 어떻게 헌책 하나 보이지 않아?"

"또 의심하는 거야? 봐 봐."

해봄이 재희 옆에 앉았다. 나무 벤치가 좁아 재희 엉덩이 옆에 바짝 붙었다. 해봄이 스마트폰 사진 폴더를 뒤져 서점 사진을 보여 줬다.

'안녕, 책방'이라는 나무 간판이 걸린 서점은 텅 빈 지금과 같은 곳이라고는 믿어지지 않을 정도로 단정했다. 사람의 온기가 닿지 않은 건물이 얼마나 스산해지는지를 알 것 같았다. 손가락으로 화면을 넘기자 서점 내부 사진이 이어졌다. 노르스름한 불빛 아래 나무 책장에 꽂힌 책들, 손 글씨로 적어 놓은 책 소개 글들. 넓지 않은 공간이지만 아늑하고 따스한 기운이 가득했다. 다음 사진에는 편지지가 붙은 게시판이 보였다. 해봄이 화면을 확대하자, '만 원의 행복, 1년 후 편지 보내기.' '1년 후 나에게 보내는 편지를 써 보세요. 친구나 연인에게 보내도 좋아요!'라는 글귀가 보였다.

"봐, 거짓말 아니잖아. 진짜 재우가 편지를 썼다니까."

"정말 편지를 보내 줄까? 서점이 망해서 다 버렸으면 어떡해?"

"정말 걱정도 많네. 재우처럼 그냥 좀 믿어 봐."

재희는 해봄의 얼굴을 물끄러미 바라볼 뿐 아무 말이 없었다. 재우는 의심하기보단 믿는 편을 택하는 아이였다. 속더라도 그게 더 편하고 좋은 아이였다. 재희는 만약 재우였다면 지금 상황에서 어떻게 말했을까 떠올려 보았다.

재우의 사고 이후 재희의 불안감은 더 커졌다. 재우가 하필이면 왜 그날 그 장소에 갔을까를 매일매일 생각했다. 그날 나가지 않았더라면, 아니 다른 장소에 있었더라면……, 재희는 그 생각에서 벗어날 수가 없었다. 밤에는 잠이 오지 않았고 깨어 있는 동안에는 두통을 달고 살았다. 잠을 푹 자고 싶었다. 다시 깨어나지 않을 정도로 푹 자고 싶었다.

"너 혹시 망한 거 알고 있었어?"

"아니. 그랬으면 내가 왜 너한테 여길 오자고 했겠냐?"

"근데 왜 넌 망한 표정이 아닌데?"

"난 오늘 너랑 같이 걸어서 좋았어. 그냥 좋았어."

해봄이 말간 얼굴로 말했다.

"여긴 어떻게 알고 찾아온 거야? 너희들 이상해. 우리 동네도 아니잖아."

재희가 주변을 둘러보며 말했다.

"몰라, 그냥 아무 버스나 탔어. 재우랑 나랑 종종 그러고 놀았거든. 처음에는 한심한 놀이라고 생각했는데 재밌더라. 그냥 목적 없이 어딘가로 가 보는 것도 좋더라고. 모르는 길도 걷고 길을 잃어서 헤매기도 하고……."

"길을 잃고 헤매는 게 좋다고? 말이 돼? 그게 왜 좋아?"

"걷다 보면 뭐, 헤맬 수도 있지. 근데, 헤매기만 하는 건 아니야. 결국 길도 찾고 다시 돌아올 수 있다는 걸 재우랑 같이 다니면서 알았거든."

해봄이 재우가 찍은 사진과 영상을 재희에게 보여 줬다.

"재우는 낯선 골목이 나오면 사진과 영상을 찍곤 했어. 암만 봐도 별게 없는데 뭔가 진지하게 찍더라고. 나중에 재우 없이 혼자 가 보니까 알겠더라. 재우가 뭘 찍었는지 말이야."

해봄이 또 다른 영상을 보여 주었다.

"이 영상 봐 봐. 골목 안에 전봇대랑 전선만 가득한데 이걸 왜 찍나 했거든. 나중에 다시 보니 전선에 쪼르르 앉은 귀여운 새들이 보이더라. 바닥에 햇살이 일렁이며 만들어 내는 무늬도 근사하고."

재희는 재우가 눈에 담았을 작은 새와 일렁이는 햇살을 바라보았다.

"재우는 이런 걸 보고 다녔구나."

"재우가 찍은 영상에는 그날의 햇살, 공기, 소리가 다 담겨 있더라. 같은 곳인데도 매번 다른 느낌이 들어. 신기하지?"

"넌 언제부터 돌아다닌 거야? 재우 가고 나서부터?"

"아니. 나도 너랑 비슷했어. 햇볕이라곤 못 보고 자란 식물처럼 축 처져 지냈어. 근데 재우가 보내 준 사진 몇 장을 잘못해서 지워 버렸어. 너무 속상하고 화가 나더라. 다시 가서 찍어야겠다고 생각했어. 그날 정말 오랜만에 밖으로 나갔어. 한 번 갔던 길인데도 잘 모르겠더라. 엄청 헤맸어. 끝도 없이 걷고 또 걷고. 결국 못 찾고 돌아왔는데 그날은 신기하게 잠이 잘 오더라고. 그래서 다음 날 또 나갔어. 그 후로는 재우랑 갔던 곳들을 다시 찾아다니기 시작했고. 재우가 나를 부르는 것 같았어. 좀 나와라. 답답하지도 않냐. 걷고 바람도 쐬고 햇볕에 좀 말려 봐. 너 곰팡내 나. 이렇게 말하는 거 같았어."

"뭐?"

"또 안 믿겠지만, 정말 그랬어. 그래서 너랑도 한번 해 보고 싶었어. 오늘 집에 가서 잠 잘 자면 내 말이 믿어지겠지."

해봄이 피식 웃었다. 재희는 그런 해봄을 말끄러미 바라보았다.

"이해봄, 넌 괜찮아진 거지?"

해봄이 어깨를 한 번 으쓱했다.

"나도 몰라. 어떨 땐 시도 때도 없이 눈물이 나다가 또 어떨 땐 괜찮기도 하고."

재희는 눈가가 붉어지는 해봄을 빤히 보았다.

"첨엔 재우 사진만 봐도 눈물이 나고 목소리도 못 들었거든. 여기가 막 조이듯이 아프더라고."

해봄이 주먹으로 가슴팍을 두드렸다.

"근데 이제는 좀 괜찮아. 재우 보고 싶으면 그냥 봐. 보다 울 때도 있고 웃을 때도 있고."

재희는 해봄을 바라보았다. 해봄은 재우를 떠올리면서 울고 또 웃었구나. 아프더라도 계속 재우를 봤구나. 짙은 화장 뒤에서 해봄이 말갛게 웃고 있는 것 같았다.

해봄이 재희의 시선을 느끼며 말을 이었다.

"너 내 화장 보고 또 네 멋대로 판단했지? 나 아르바이트해. 내가 돈 벌어서 연기 학원 다녀. 나 이제 엄마한테 지지 않고 살려고. 재우가 그러더라. 부모 말 너무 잘 듣지 말라고. 이제는 자기 마음속 말을 들을 나이라고."

"하, 잘난 척은 혼자 다 했네. 자기도 못 했으면서."

재희가 혼잣말처럼 중얼거렸다.

"재우도 많이 힘들어했어. 공부 말고 다른 재능을 찾아야 아빠한테 당당하게 얘기하는데 아직 못 찾았다고. 재능만 찾으면 싸워서 이길 거라고. 근데, 좋아하는 것도 재능인 걸 재우는 몰랐나 봐. 완전 바보 아니냐. 재우 영상 만드는 거 좋아했는데, 왜 꼭 재능을 증명해야 한다고 생각했을까?"

재희는 재우가 찍은 영상을 보며 생각했다.

'재우는 그래도 많이 행복했구나, 좋아하는 걸 하면서 행복했겠구나, 해봄이는 정말 재우를 좋아했구나, 나보다 재우를 더 잘 아는구나.'

재희는 가족 안에서 겉돌고 외로웠을 재우를 생각하면 늘 마음이 시렸다. 가족보다 자기를 더 알아주는 해봄이 곁에 있어서 재우는 외롭지 않았겠구나, 행복했겠구나. 재희는 아프면서도 마음이 놓였다.

"난 재우가 알려 준 대로 살 거야. 너도 그냥 너로 살아. 재우 걱정하게 하지 말고. 박재희처럼 살라고. 재우가 널 얼마나 좋아했는데. 지금 넌 박재희 아니야. 완전 후져."

"……."

재희가 눈물을 왈칵 쏟았다. 해봄은 당황하며 가방에서 물티슈를 꺼냈다.

"아, 미안. 울리려던 건 아닌데……."

재희가 두 손으로 얼굴을 감싸며 흐느꼈다. 해봄의 눈

가에도 그렁그렁 눈물이 차올랐다.

"나 사실, 오늘 너 만나는 거 무서웠어. 너 완전 기존 쎄잖아. 그래서 눈 화장이라도 진하게 하고 나왔거든. 근데 너 어쩔 거야? 내 눈 화장 어쩔 거냐고."

해봄이 눈가가 까맣게 번진 채로 훌쩍였다.

두 사람은 한참을 '안녕, 책방' 앞에 앉아 있었다. 여름 오후의 해가 누그러져 제법 선선한 바람이 불어왔다.

재희가 다시 일어나 걷기 시작했다. 해봄도 엉덩이를 툭툭 털고 일어나 걸었다. 어느새 해봄과 재희가 나란히 걸었다. 해봄은 재우랑 걷던 시간을 떠올렸다. 아무 목적 없이 마냥 걷다 보면 힘든 일도 별거 아닌 일처럼 느껴졌다. 엉덩이에 붙은 먼지를 툭툭 털어 내듯 그렇게 털어 낼 수 있을 것 같았다. 해봄은 재희 역시 그랬으면 싶었다. 힘든 시간들을 이 골목 저 골목에 조금씩 버릴 수 있기를.

"자주 햇볕 쬐면서 걸어. 그래야 건강해진대. 몸도 마음도. 그렇다고 너무 더운 한낮에는 걷지 말고."

"너나 잘해. 너, 얼굴 지금 완전 빨개."

재희가 옅게 웃었다. 해봄도 벌게진 얼굴로 웃었다.

골목 안으로 선선한 바람이 불어왔다. 재희는 등 뒤에서 부드럽게 불어오는 바람을 느꼈다. 마치 누군가 등을 떠밀어 주는 것 같았다. 재희가 문득 고개를 돌려 뒤를 돌아보았다. 마치 그곳에 재우가 있을 것만 같았다. 재우의 커다란 손이 부드럽게 등을 밀어 주는 기분이었다. 담장 너머 어딘가에서 매미가 울어 댔다. 아직 여름이 한창이었다.

소요의 바다

　은설은 화면 속 고객 브리핑 자료를 눈으로 빠르게 훑으며 입으로는 당근 조각을 아작아작 씹어 댔다. 은설은 씹는 소리가 경쾌한 음식을 좋아한다. 매일 아침 시리얼과 함께 당근 혹은 셀러리 같은 걸 씹는다. 음식이 바스러지는 소리를 들으면서 은설은 안심했다. 자신이 멀쩡히 살아 있고, 움직이고 있다고 말이다. 이런 생각이 드는 건 은설이 매일 고장 난 안드로이드를 만나고 그들의 죽음을 기록하는 일을 하기 때문인지도 모른다.
　은설은 안드로이드 회사에서 제품 회수를 담당하고 있다. 안드로이드와 정을 떼기 어려워하는 고객과 소통해서 제품을 수월하게 반납하도록 돕는다. 은설은 베테랑 직원이다. 그녀가 설득하지 못한 고객이 손에 꼽을 정도라, 미해결 케이스가 그녀 몫으로 떨어지곤 했다.

오늘 만날 고객은 열일곱 살 이소요. 제품 회수를 의뢰한 사람은 소요의 외할머니지만, 2년 전부터 외국 요양원에서 지내 실제로 로봇을 넘겨줄 사람은 손녀 이소요다.

제품 모델은 보육과 정서 지원을 함께 서비스하는 mot711-099. 출시 당시 고가 모델이었던 걸로 기억한다. 디프 러닝으로 소통은 물론 감정 교류까지 가능한 모델이라 바쁜 워킹 맘들이 아이의 정서 안정을 위해 고가임에도 기꺼이 구매했다.

회수 이유는 잦은 고장으로 인한 임무 해제. 안드로이드에게 '임무 해제'란 인간의 언어로 죽음을 의미한다. 이미 청소년이 된 소요에게 마더 7 시리즈는 거추장스러운 존재일 것이다. 그런데 왜 블랙리스트 고객일까. 은설은 씹던 당근 조각을 내려놓고 고객 브리핑 자료를 집중해서 읽어 내려갔다.

이소요는 제품을 회수하러 갔던 직원들에게 거칠게 항의하고 몇 번이나 회사 앞에 찾아와 일인 시위를 했다. 마더 7 시리즈를 수리해 주지 않고 폐기물 취급하는 회사의 태도를 비판하며 회사 홈페이지에 수없이 글을 올리기도 했다. 이소요에게 마더 7은 단순한 보모 안드로이드가 아니었다. 안드로이드와 헤어지는 것을 마치 가족이나 연인, 오래된 친구와 이별하는 일처럼 받아들이는 인간들이 있다. 안드로이드와 맺은 애착 관계가 인간과 맺는 관계 이상으로 깊어진 경우다. 당연한 일이다. 대상이 누군지가 중요한 게 아니다. 어떤 방식으로 관계를 맺어 왔느냐가 중요하다. 게다가 소요는 어릴 적 심리 치료를 받았던 기록도 있었다.

 은설은 남은 당근 조각을 모두 입에 털어 넣고 와작와작 씹었다. 얼음이 가득 담긴 시원한 레몬수를 들이켠 후, 외출 준비를 시작했다.

 소요의 주소를 내비게이션에 입력하고 자동 주행 모드를 켰다. 차가 서서히 움직였고, 은설은 의자에 깊숙이 파묻혀 눈을 감고 소요와 처음 만나는 장면을 이미지 트레이닝했다.

 고급 연립 주택 앞에서 차가 멈추었다. 초인종을 누르기 전에 옷매무새를 정리하고 호흡을 길게 내뱉는 순간, 갑자기 문이 덜컥 열렸다. 놀란 은설이 뒤로 주춤 물러섰다. 비니를 눌러쓴 여자아이가 놀란 표정을 지었다.

 "누구세요?"

"이소요 씨? 저는 퍼펙트 마인드에서 나왔습니다. 고은설이라고 합니다."

'퍼펙트 마인드'라는 단어를 듣자마자 소요의 얼굴이 일그러졌다.

"왜 또 찾아오셨어요? 회수 절차 취소할 거라고 분명히 말씀드렸잖아요."

은설은 코앞에서 닫히는 문을 보며 오른발을 잽싸게 문틈 사이로 끼워 넣었다.

"회수 절차로 온 거 아닌데, 착각하셨나 봐요."

행동과 달리 은설의 목소리는 조금 느린 듯 차분했다.

"네? 회수하러 온 게 아니라고요?"

서서히 다시 열리는 문을 보며 은설은 옅게 미소 지었다.

"전에 부품 의뢰하셨지요? 고장 신고도 몇 번이나 하셨고요."

"서비스 센터에 전화할 때마다 거절했잖아요. 임무 해제니 뭐니 하면서……."

"죄송합니다. 임무 해제라는 단어는 부적절했습니다. 제가 대신해서 사과드립니다."

은설이 또박또박 정중하게 말하자 소요의 표정이 조금 풀어졌다.

"사과하러 오신 거예요?"

"사과도 하고 선아 씨 상태도 좀 체크하러 왔습니다."

"어? 선아 씨 고쳐 주시려고 나온 거예요?"

소요의 반짝이는 눈빛을 보며 은설이 천천히 고개를 끄덕였다.

"외출하는 중이신 거 같은데……, 잠시만 시간을 내 줄 수 있나요?"

소요는 잠시 고민하더니 은설을 집으로 들였다.

넓고 깔끔한 거실을 둘러보던 은설이 소파에 비스듬하게 누워 있는 안드로이드를 향해 다가갔다. 중년 여성의 외모를 지닌 안드로이드는 얼핏 소요와 닮아 보였다. 하늘하늘 얇은 커튼 사이로 스며든 햇살이 선아 씨에게 드리웠다. 선아 씨는 집안일을 하다가 피곤해서 잠시 낮잠이라도 자는 것처럼 보였다.

"선아 씨가 햇빛을 좋아해서요. 이 자리를 제일 좋아했거든요. 인간이든 로봇이든 햇빛을 쐬야 밝고 화사해진대요."

은설은 브리핑 자료에서 읽었던 문장을 떠올렸다.

'보모 안드로이드와 깊은 애착 관계. 엄마의 부재로 인한 상실감이 안드로이드와의 관계에 영향을 미친 것으로

보임.'

"언제부터 움직이지 않았지요?"

은설이 물었다.

"처음 증상이 나타난 건 두 달 전쯤이에요. 옛날이야기를 자꾸 하더라고요. 아주 오래전 일인데 어제 일처럼 말했어요. 그러다가 저를 열 살 꼬맹이처럼 대하는 거예요."

"예를 들면요?"

"이를 닦아 주려고 한다거나 제 침대로 와서 자장가를 불러 준다고 저를 억지로 눕히기도 하고요. 어릴 적 좋아했던 음식을 만들어 주기도 했어요."

"인간의 치매 증상과 비슷하네요."

"아, 맞아요. 치매 증상과 비슷해요. 처음엔 기억만 오락가락했는데 열흘 전부터 버퍼링이 걸린 것처럼 말을 더듬기도 하고 행동이 느려지기도 했어요. 소파에 누워서 일어나지 않는 시간도 길어졌고요. 그러다가 일주일 전에 아예 동작을 멈춰 버렸어요."

"혹시 재부팅해 보셨나요?"

"네, 제일 먼저 해 봤죠. 처음엔 다시 움직이고 말도 잘하고 해서 괜찮아졌나 싶었어요. 근데 이십 분 만에 다시 또 쓰러졌어요. 그 후론 아무리 재부팅해도 깨어나질 않아요."

"아시다시피 부품은 이미 품절된 상태예요. 워낙 오래된 모델이라 생산이 중단된 지도 꽤 됐고요. 하지만 선아 씨와 아직은 헤어지고 싶지 않다고 해서 다른 방법을 찾아보려고 왔습니다."

은설이 차분한 목소리로 말했다. 은설 같은 베테랑 직원은 처음부터 안드로이드를 회수하러 왔다고 말하지 않는다. 그렇게 말하는 순간 눈앞에서 문이 닫히고 다시 열리지 않는다. 그렇다고 은설이 거짓말을 한 것은 아니다. 본사에서 부품은 더 이상 나오지 않지만, 깡통 골목에 가면 구할 수 있을지도 모른다. 부품을 구하는 걸 도와준다고 제품 회수 실패를 의미하지는 않는다. 어쩌면 중고 부품으로 안드로이드는 수명을 연장할 수도 있다. 고객은 삶을 연장한 안드로이드와 새로 얻은 시간 안에서 이별할 준비를 한다. 그리고 마침내 은설에게 안드로이드를 데리고 온다. 안녕을 고하기로 마음먹기까지 그리 길지 않은 시간이 필요할 뿐이다.

깡통 골목의 로봇 서비스 센터를 알아보자고 말하자마자 소요는 방으로 들어갔다. 그러고는 곧 휠체어를 끌며 방에서 나왔다.

소요는 소파에 누워 있는 신아 씨에게 다가가 겨드랑이에 양팔을 집어넣어 일으켰다. 은설이 휠체어를 소요 앞으로 가져갔고, 소요가 선아 씨를 조심스레 앉혔다. 그러고는 가방에서 모자를 꺼내 선아 씨 머리에 씌웠다. 소요의 둥근 이마 위로 땀방울이 송골송골 맺혔다.

은설이 휠체어 손잡이로 손을 내밀자, 소요가 얼른 손잡이를 잡았다.

"제가 할게요. 어렸을 때 선아 씨가 저를 유아차에 많이 태워 줬대요. 제가 밖에 나가는 걸 좋아했거든요."

휠체어를 미는 소요의 표정이 밝았다.

차는 도로 위를 빠르게 달렸다. 창밖으로 마천루가 보였다. 빌딩 외벽마다 전광판이 휘황찬란하게 빛을 쏘아 댔다. 안드로이드 아이돌이 추는 칼군무 영상과 감정형 안드로이드의 업그레이드 버전을 광고하는 화면이 어지럽게 펼쳐졌다.

은설이 화려한 창밖의 풍경에서 눈을 떼 룸 미러로 시선을 옮겼다. 뒷좌석에는 소요와 선아 씨가 나란히 앉아 있었다. 소요의 어깨에 머리를 기댄 선아 씨는 정말이지 단잠을 자는 것 같았다. 은설은 안드로이드인 선아 씨가 부러웠다. 안드로이드지만 꽤 괜찮은 시간을 살아왔을 거라는 생각이 들었다. 안드로이드를 부러워하다니, 은설은 좀 어이가 없어서 피식 웃음을 흘렸다.

"왜 웃으세요?"

"선아 씨가 좋은 삶을 살았을 거 같아서 부러워서요."

은설이 솔직하게 말했다. 고객을 대할 때 솔직한 것만큼 큰 무기는 없으니까.

"안드로이드도 인간과 비슷한 감정을 느낄 수 있도록 프로그래밍된 경우가 많아요. 그걸 아는지 모르는지, 알면서도 모른 척하는지 안드로이드를 함부로 대하는 인간이 많아요. 그런 인간과 함께한 안드로이드는 오류를 일으키거나 중앙 제어 회로가 고장 나서 폐기 처분되는 경우가 많거든요. 그런데 선아 씨는 망가진 게 아니라 그냥 고요하게 잠든 것처럼 보여요. 그게 신기해서 웃음이 나왔어요."

"전 제 친구들이 안드로이드를 함부로 대하는 게 짜증 나요. 자기 감정을 다 이해하고 받아 주는 안드로이드를 왜 무시하고 학대하죠? 인간은 정말 이기적이에요. 재수 없어요."

은설은 룸 미러로 소요를 바라보았다. 툭툭 내뱉는 말

투를 보니 영락없는 십 대 청소년이었다. 처음 만났을 때 잔뜩 경계하던 소요의 표정이 어느새 풀려 있었다.

"그래서 저는 인간이 아닌 은설 씨가 믿음이 가요."

소요는 은설을 안드로이드라고 생각하는 모양이었다. 하긴 이런 감정 서비스는 대부분 인간이 아닌 안드로이드가 하니 오해할 만하다. 은설은 자신을 예의 바른 안드로이드라고 여기는 소요에게 굳이 아니라고 말을 보태지 않았다.

번화한 대로를 달리던 차가 어느새 구불구불 골목길로 들어섰다. 몇 블록 더 가면 대기업에서 하청을 맡기거나, 개인이 수리를 맡기는 로봇 수리점이 늘어선 골목이 나온다. 예전에는 로봇을 금속으로 만들었기에 이 골목을 깡통 골목이라고 불렀다. 요즘은 인간과 닮은 인공 피부를 가진 안드로이드가 대부분이지만, 사람들은 여전히 이곳을 깡통 골목이라 부른다.

은설은 폐기된 안드로이드를 뒷거래로 싼값에 사들여서 재조립해 파는 업체를 안다. 은설과 같은 부서에서 일했던 직원이 퇴사 후 차린 곳이었다. 회사 폐기부 팀장이었던 그는 꽤 실력이 좋았는데, 로봇을 폐기하는 일에 염증을 느껴 회사를 그만두었다. 비슷한 시기에 은설 역시 회수부 고객 관리 팀으로 부서를 옮겼다.

은설도 매일같이 망가진 로봇이 처참하게 분해되는 과정을 보는 일이 힘들었다. 망가진 채로 바닥에 주저앉은 그들의 모습에서 은설은 예전 기억을 떠올리곤 했다. 정작 맞을 땐 아픈 줄 모르다가 우연히 거울 속 자신의 몰골을 마주했을 때 느껴지던 고통. 관절이 꺾이고 인공 피부가 벗겨진 로봇을 볼 때마다 은설은 멀쩡한 팔다리에 통증을 느끼곤 했다.

한 팀장도 소요처럼 안드로이드 보모가 길렀다. 그녀가 임무 해제로 폐기되는 모습을 우연히 보았고, 어른이 된 지금도 트라우마가 그를 괴롭힌다고 했다. 일이 끝나면 은설은 팀장과 함께 정신을 잃을 만큼 독한 술을 마시곤 했다. 그런 날이면 은설은 여지없이 악몽에 시달렸다. 지독한 알코올 냄새와 함께 등과 배에 가해지는 발길질. 날카로운 유리 조각으로 깊이 팬 목덜미. 비릿한 피 냄새. 은설은 꿈에서 깨어나도 여전히 욱신거리는 통증을 느꼈다.

문을 열고 들어서자 한 팀장이 작업복 차림으로 나와 은설을 반겼다. 선아 씨의 증상을 들은 한 팀장은 인간의 뇌에 해당하는 기억 시냅스 부품이 닳아서 오류를 일으킨 것 같다고 했다.

"뜯어서 정밀하게 봐야겠지만, 부품만 구하면 해결할 수 있을 것 같은데요."

"요즘은 술 안 마셔요?"

은설은 얼굴빛이 한결 좋아진 한 팀장에게 물었다.

"손이 떨려서 수술할 때 힘들어서요."

한 팀장이 수리 대신 수술이라는 표현을 쓰는 게 은설은 자연스럽게 느껴졌다. 소요 역시 그를 신뢰하는 눈치였다.

"부품을 구할 수 있는지 알아보고 연락 줄게요. 근데 부품을 구한다 해도 중고품이라 수명이 얼마나 갈지는 모르겠어요. 너무 큰 기대는 하지 않는 게 좋을 겁니다."

한 팀장은 어린 소요 앞에서 솔직하게 말했다. 실망할 줄 알았던 소요는 한 팀장을 향해 인사했다.

"잘 부탁드려요."

은설이 소요에 관한 1차 보고서를 상부에 올리고 일주일 정도가 지났을 때였다. 소요가 전화를 걸어왔다.

"선아 씨가 돌아왔어요. 문을 열고 걸어 들어오는데, 놀라서 기절하는 줄 알았잖아요. 은설 씨가 그 모습을 봤어야 했는데, 혹시 지금 오실 수 있어요?"

소요의 흥분한 모습이 화상 통화 스크린을 통해 고스란히 전해졌다. 은설은 소요의 부탁을 정중히 거절했다. 은설은 문제가 있을 때만 고객을 만났다. 문제가 해결된 후 누리는 기쁨까지 함께 나눌 이유는 없었다. 소요는 약간 아쉬워했지만, 금방 은설의 태도를 이해했다.

"나중에 다른 문제가 생기면 서비스 센터에 연락하지 말고 저에게 연락하셔도 됩니다."

"하하, 아마 연락할 일 없을 거예요. 선아 씨는 너무 건강해요."

"정말 건강해 보이네요. 잘됐어요."

은설은 간식을 들고 걸어오는 선아 씨의 모습을 보며 말했다.

웃으며 전화를 끊은 지 몇 주가 지난 후, 다시 소요에게 연락이 왔다.

"선아 씨가 이상해요."

"어떻게 이상하죠?"

"집으로 좀 와 주시면 안 돼요?"

소요의 목소리에 울음기가 섞여 있었다. 은설은 일정표를 확인하고 빈 시간대에 집에 들르겠다고 말한 뒤 전화를 끊었다.

은설에게는 이제부터가 가장 중요한 순간이다. 고객이 더 이상 방법이 없다고 체념하는 순간. 이때를 잘 공략해야 회수가 쉽다. 핵심 기억 칩을 고객에게 넘겨받을 수 있을지는 그 순간에 달렸다.

사실, 이미 크게 망가진 안드로이드는 수리하는 것보다는 폐기하는 게 경제적이다. 회사에서 은설과 같은 직원을 통해 고객을 상담하고 회수 절차를 밟는 데에는 그럴 만한 이유가 있다. 특별히 소요처럼 안드로이드와 감정 교류가 깊은 고객일수록 특별 관리하는 이유. 인간과 유대 관계를 긴밀히 쌓은 안드로이드는 하드웨어가 아닌 소프트웨어가 핵심이다. 핵심 기억 칩에 저장된 커뮤니케이션 기술, 인간과 나눈 감정의 기억이 감정형 안드로이드를 만들 때 유용하게 쓰인다. 핵심 기억 칩을 고객으로부터 안전하게 인수하기 위해서는 고객과 직원 사이에 신뢰가 필요하다. 은설이 매뉴얼대로 소요에게 보인 신뢰와 친절이 빛을 발할 타이밍이다.

소요의 두 눈두덩이가 붉게 부어 있었다.

은설은 소요를 따라 부엌 쪽으로 걸었다. 어디선가 삐, 삐, 삐, 경고음이 들렸다. 은설은 냉장고 불빛이 환하게 흘러나오는 광경을 보고 걸음을 멈췄다.

선아 씨가 오른손으로는 냉장고 문을, 왼손으로는 빈 계란 상자를 든 채로 멈춰 있었다. 은설의 눈에 들어온 그 모습은 마치 정지 화면 같았다. 부엌 바닥이 깨진 날계란으로 흥건했고 거실 바닥까지 계란 흰자가 느리게 흐르고 있었다. 식탁 위에는 양배추, 햄, 치즈 등이 나와 있었다.

"제가 어릴 때 좋아했던 햄치즈샌드위치를 만들려고 했나 봐요."

소요가 멍한 눈빛으로 말했다. 오히려 아무 감정이 느껴지지 않는 목소리에 은설은 철렁 마음이 내려앉았다.

"좋아하는 음식이 불고기나 김치볶음밥이 아닌 게 정말 다행이네요. 불 쓰는 요리였다면 위험했을지도 모르잖아요."

은설은 냉장고 문을 잡고 있는 선아 씨 팔을 내린 후 냉장고 문을 닫았다. 그러고는 선아 씨 어깻죽지에 양팔을 끼워 거실로 끌었다. 소파에 편히 앉히자, 선아 씨는 창 너머 먼 곳을 바라보는 것 같았다.

"바닥 좀 닦게 걸레나 뭐 아무거나 가져올래요?"

은설의 말에 소요가 정신을 차린 듯 움직이기 시작했

다. 고장 난 건 선아 씨만이 아니었다. 소요는 반쯤 넋이 나가 있었다.

은설은 바닥에 달라붙은 날계란을 닦느라 한참을 쪼그려 있었다. 이런 노동은 매뉴얼에 없는 일이었다. 허리를 펴고 일어났을 때 은설은 끙, 신음이 절로 나왔다. 우두둑거리는 허리를 주먹으로 두드리며 말했다.

"저, 인간 맞아요. 미안해요. 소요 씨의 오해를 풀지 않았어요. 인간을 별로 좋아하지 않는 거 같아서요."

"인간이건 안드로이드건 중요하지 않아요. 어떤 분인지가 중요하지."

소요가 파리한 얼굴빛에 옅은 미소를 지으며 말했다. 그러고는 미끄러지듯 부엌 바닥에 쪼그려 앉았다. 무릎 사이에 얼굴을 박고 두 팔로 다리를 감싸안았다. 안 그래도 작은 소요의 몸집이 더 작아졌다. 은설은 물을 끓여 따듯한 차를 내왔다.

"내 맘대로 주방을 뒤져서 만들었어요. 좀 마셔요."

고개를 든 소요는 세상 다 산 표정을 짓고 있었다.

"다시 꺼져 버렸어요."

"우리 다른 방법을 찾아봐요. 분명 찾을 수 있을 거예요."

은설은 자신의 다정한 말투에 조금 놀랐다. 이건 매뉴

얼에 없는 대사였다. 선아 씨를 살릴 다른 방법은 없으니까. 하지만 소요의 표정을 보는 순간, 은설은 마치 고장 난 안드로이드처럼 머릿속이 엉켰다.

은설은 1년 전 만났던 한 할아버지가 떠올랐다. 자신의 고객이었다가 다른 담당자로 옮겨 간 케이스였다. 담당자는 홀로 사는 할아버지를 오랫동안 돌봐 준 안드로이드를 강제 회수했다. 빠르게 실적을 내서 정직원이 되려던 계약직 직원의 단호한 조치였다. 다음 날 할아버지는 스스로 목을 매 자살했다. 할아버지 곁에는 돌봄 안드로이드 외에 아무도 없었다. 안드로이드가 사라진다는 건 오롯이 세상에 혼자 남겨진다는 걸 의미했다.

"은설 씨는 이러는 제가 이상해 보이지 않아요?"

소요의 목소리에 은설이 기억을 떨치려는 듯 고개를 작게 흔들었다.

"아니요. 제가 만나는 분들은 다 소요 씨를 닮았어요. 감정형 안드로이드는 인간을 온전히 위로하고 이해하도록 만들어졌어요. 게다가 인간과 똑같은 언어로 소통하지요. 인간이 그들을 사랑하는 건 당연하다고 생각해요."

"저한테 선아 씨는 단순한 보모가 아니에요. 선아 씨는 우리 엄마의 진짜 기억을 가진 안드로이드거든요."

"알고 있어요. 선아가 엄마 이름이라는 거요."

"선명하진 않지만, 어렸을 때 엄마랑 바닷가에 놀러 간 기억이 있어요. 파도가 신기해서 구경하는데, 갑작스럽게 큰 파도가 덮친 거예요. 물살에 휩쓸려 주저앉았고 깊은 물에 끌려가기 직전에 엄마가 저를 바닷속에서 꺼내 줬어요. 그날 물을 많이 먹어서 엄청 울었대요. 어릴 때 아주 울보였는데, 제가 이유 없이 우는 날이면 선아 씨가 늘 그날 이야기를 해 줬어요. 마치 자장가처럼요."

소요가 코를 훌쩍이며 말했다.

"우리 깡통 골목에 다시 가 봐요. 좀 더 나은 부품을 구할 수 있을지도 모르잖아요. 아직 포기하지 말아요."

소요는 천천히 고개를 가로저었다.

"사실, 언젠가는 이런 날이 올 거라고 생각했어요. 처음에는 부정하고 싶었어요. 선아 씨는 엄마니까요. 그렇지만 저도 알아요. 어떤 관계도 영원하지 않다는걸요."

"소요 씨 마음이 바뀌면 언제든지 말해도 좋아요. 선아 씨가 가진 핵심 기억은 따로 저장할 거예요. 소요 씨한테는 소중한 추억이잖아요."

"선아 씨가 없는데 기록이 무슨 소용이 있을까요?"

"그래도 대부분 고객이 원하세요. 한번 생각해 보세

요. 그리고 괜찮으시다면, 기억 파일을 본사가 보관해도 될까요? 소요 씨 개인 신상은 모조리 삭제하고 커뮤니케이션 기록과 그 순간의 감정만 활용할 거예요."

소요가 아무 말도 하지 않자, 은설이 다시 한번 차분한 목소리로 말했다.

"인간과 소통을 잘 해낸 안드로이드의 기억이 감정형 안드로이드의 프로그램에 주요한 역할을 해요. 선아 씨 프로그램 역시 또 다른 누군가의 핵심 기억으로 만들어진 거고요."

"저에게 생각할 시간을 좀 주세요."

소요가 천천히 말했다.

"네. 깊게 생각해 보세요. 그리고 소요 씨 마음 가는 대로 해요."

은설 역시 자기 마음 가는 대로 말했다.

은설은 선아 씨를 자신의 차에 태워 집으로 돌아왔다. 회수 절차 서류 맨 마지막 항목, 핵심 기억 칩 공유 동의서가 비워진 상태였다. 은설은 선아 씨를 거실 한쪽에 앉혀 두었다. 아직 회수 절차가 끝난 게 아니어서 회사로 데려갈 수 없었다.

다음 날 오후, 소요는 핵심 기억 칩 공유 동의서를 보내왔다. 은설은 선아 씨의 핵심 기억 칩을 빼서 기술 팀에 넘겼다. 얼마 안 돼서 기술 팀에서 연락이 왔다. 선아 씨 초기 기억 일부가 조작된 것으로 보인다는 보고였다. 은설은 기술 팀이 보내 준 영상을 재생했다.

깜깜한 화면에 아이 웃음소리가 들려온다. 파도 소리에 묻힌 아이의 웃음소리. 곧 모니터에 하얀 포말이 밀려온다. 파도가 점점 거세지더니 휘청 화면이 흔들린다.

"어, 어, 어떡해. 어떡해."

어린 소요의 중얼거림. 화면은 소요의 시선이다.

어린 소요가 천천히 뒷걸음질 치지만 파도는 빠르게 덮친다. 바닷물이 순식간에 소요의 허벅지 위로 차오르고 소요는 기우뚱 중심을 잃고 쓰러진다. 그때 화면 안으로 들어오는 누군가의 손이 소요의 팔을 잡아 일으켜 세우고 성큼성큼 물 밖으로 이끈다. 소요의 엄마로 짐작되는 여자의 팔과 가슴. 하지만 소요의 엄마 얼굴이 나오지 않은 채 영상은 끝나 버린다.

은설은 마지막 보고서를 작성하기 위해 자료를 뒤적이다가 소요가 심리 치료를 받았다는 연구소를 찾아보았다. 보고서를 그냥 마무리해도 상관없었지만, 은설은 정확하게 알고 싶었다.

다음 날 은설은 소요가 치료를 받았다는 연구소를 찾아갔다. 처음에는 고객 정보라 절대로 이야기해 줄 수 없다며 강경한 태도를 유지했지만, 핵심 기억을 공유하기로 한 소요의 서명을 보여 주자 연구실로 은설을 안내했다.

방문 앞에는 '기억 설계 연구소'라는 팻말이 있었고 연구원 이름이 적혀 있었다.

"이소요 고객의 경우는 나쁜 기억을 지속적으로 떠올리게 하면서 기억에 조금씩 변화를 주는 방법으로 치료한 사례입니다. 쉽게 말해 원래 기억에 다른 기억을 덮어씌우면서 트라우마를 치료하는 방법이지요. 기억 설계 치료법이라고 합니다."

"새로운 기억을 의도적으로 설계할 수 있다는 거예요?"

"네, 얼마든지요. 기억을 완전히 제거하는 이전 시술은 여러 부작용을 겪을 수 있어서 요새는 많이 권하지 않습니다. 기억 설계 치료법은 시냅스에 일정한 자극을 주면서 새로운 기억을 여러 차례 저장하는 방식으로, 나이가 어릴수록 효과가 좋습니다. 소요 고객은 아주 적기에 치료를 받았고요."

"트라우마를 만든 애초의 기억이 뭐죠?"

"그건 말씀드릴 수가 없습니다."

연구원은 단호한 목소리로 말했다.

"가짜 기억으로 트라우마를 치료한다는 거네요. 당사자만 모르고."

은설은 소요가 엄마에 대해 말하던 모습을 떠올리며 혼잣말처럼 웅얼거렸다.

"애초에 기억이란 건 조작되고 변형됩니다. 허점투성이지요. 그게 기억의 실체입니다. 인간들은 같은 사건이라도 서로 다르게 기억하기도 하잖습니까. 이소요 고객에게는 바닷가에서 엄마와 함께하는 다양한 기억을 만들어 주었습니다. 트라우마 강도가 강해서 꽤 여러 버전을 만들었던 기록이 있네요. 다행히 고통스러운 기억은 거의 덮여져서 성공적인 치료 사례로 학회에 보고하기도 했지요."

연구원은 여유로운 미소를 지으며 말했다.

"소요의 가짜 기억을 굳이 안드로이드 기억 장치에 넣은 이유가 있나요?"

"안드로이드에게 같은 기억을 심어 준 이유는 단순합니다. 기억은 감정이 동반될 때 오래 잊히지 않거든요. 이소요 고객과 같이 안드로이드 보모와 애착 관계가 잘

형성된 경우, 그 감정을 활용해서 더 효과적으로 기억 설계를 할 수 있습니다."

은설이 애매한 표정을 짓자 연구원이 말을 덧붙였다.

"이렇게 설명하면 이해가 갈는지요. 치매 환자의 경우 사랑했던 가족의 얼굴과 이름은 모두 잊지만, 가족이 다정한 말을 건네고 스킨십을 해 줄 때 좋은 감정을 느끼게 되지요. 기억을 잃었다고 감정까지 느끼지 못하는 건 아니니까요. 이런 원리를 이용해서 고객이 감정적으로 연결된 존재와 기억을 공유하면 기억 조작이 좀 더 수월하게 이루어집니다."

은설은 연구실을 나오며 차를 둔 채 조금 걷기로 했다. 머리가 복잡할 때마다 은설은 걸었고, 한참을 걷다 보면 엉킨 실타래가 조금씩 풀리곤 했다. 은설이 목덜미의 길게 팬 흉터를 손가락으로 살살 문질렀다. 몸의 상처는 이제 흔적만 남았을 뿐이다. 흉터를 수술로 없앨까 했지만, 기억이 그대로인 상태에서 몸의 흔적만 지운다고 달라지는 건 없다고 생각했다.

은설은 기억을 깨끗하게 지워 준다는 블링크 메모리에 상담을 갔던 적도 있었다. 기억 삭제 후유증으로 괴로움을 겪는 사람들이 회사 앞에서 시위를 하고 있었다. 퍼즐이 맞춰지지 않는, 구멍 난 기억으로 고통받는 사람들을 보면서 은설은 다시 돌아 나왔다.

은설이 기억 설계 치료법에 관심을 보이자, 연구원은 좀 더 고민한 후 오라며 마지막으로 한마디를 더 보탰다.

"인간들은 종종 오늘의 시간이 내일이면 기억이 되는 단순한 원리를 모르더라고요. 과거에 집착하느라 오늘을 잊고 살아가는 거죠."

은설은 집으로 돌아온 후, 외국에 있는 소요의 외할머니에게 전화를 걸었다. 선아 씨 회수 절차가 거의 마무리되었고, 다음 주면 완료될 예정이라고 말했다.

"다행이군요. 우리 소요 키우느라 애쓴 선아를 잘 보내 주세요."

할머니는 고요한 목소리로 말했다.

"네, 그럴게요. 그런데 한 가지 여쭤보고 싶은 게 있어요. 말하기 어려우시면 안 하셔도 됩니다."

은설이 오늘 기억 설계 연구소에서 들었던 이야기를 꺼냈다. 소요의 지워진 기억이 무엇인지 알고 싶다고 담담하게 말했다. 할머니는 한동안 말이 없었다.

"공식 보고서에는 넣지 않을 거예요. 단지 개인적인

궁금증이에요. 저도 소요 씨처럼 지우고 싶은 기억이 있어요. 그래서 개인적인 질문을 드렸을 뿐입니다. 불편하셨다면 죄송합니다."

은설이 전화를 끊으려고 할 때였다.

"내 딸은 우울증을 앓았어요. 소요를 낳고 증상이 더 심각해졌지요. 기분 전환을 해 주겠다고 가족과 함께 놀러 간 바닷가에서 딸은 스스로 물속으로 들어갔어요. 그걸 어린 소요가 보게 되었고, 엄마를 쫓아 바다로 뛰어들었어요. 다행히 구조대원이 소요를 구했지만, 소요 엄마는 구하지 못했어요."

은설은 소파에 누워 잠든 선아 씨를 바라보았다.

"소요가 본 마지막 엄마 모습이 바닷속으로 사라지는 모습이었을 겁니다. 어린아이한테 엄마의 죽음을 그대로 전할 수 없었어요. 밤마다 우는 소요에게 지어낸 이야기를 들려주곤 했지요. 여름마다 엄마와 바닷가에서 휴가를 보냈고, 어느 해에는 물에 빠질 뻔한 소요를 엄마가 구해 줬다는 동화 같은 이야기를요."

할머니는 건강이 악화되어 더 이상 소요를 돌보지 못했고, 안드로이드 보모를 신청했다. 소요는 보모를 잘 따랐지만 여전히 밤이면 악몽을 꾸는지 울며 경기를 일으켰다. 결국 할머니는 소요를 위해 기억 설계 치료법을 신청했다.

"나 역시 딸을 잃은 고통에 괴로웠어요. 내 고통에 빠져 어린 소요를 잘 돌보지 못했고 내 삶도 망가뜨렸어요. 딸의 자살은 지워 버리고 싶을 정도로 괴로웠지만, 차마 딸을 기억에서 지워 버릴 순 없었어요. 모든 기억을 가지고 이제 세상을 떠날 날만 기다리고 있지요."

은설은 이야기를 들려줘서 감사하다는 인사를 끝으로 전화를 끊었다.

"이렇게까지 소요 씨 기억을 조작할 필요가 있었을까요? 할머니는 굳이 고통스러운 기억을 간직하며 살아야 했을까요? 선아 씨 생각은 어때요? 딸이잖아요."

은설은 거실 소파에 잠든 것처럼 누워 있는 선아 씨를 향해 혼잣말을 중얼거렸다.

은설은 잠든 선아 씨를 깨우고 싶어졌다. 그녀에게 묻는다고 답을 해 줄 리 없다는 걸 알면서도, 한 번쯤은 선아 씨를 만나 보고 싶었다.

다음 날 현관문 앞에 은설과 나란히 선 선아 씨를 보며 소요는 눈이 휘둥그레졌다.

은설이 빠르게 상황을 설명했다.

"선아 씨와 마지막으로 인사할 시간을 드리고 싶었어요. 본사에 요청해서 컨트롤 키를 받았어요. 선아 씨에게 주어진 시간은 열두 시간, 플러스마이너스 십 퍼센트 정도예요. 선아 씨의 핵심 기억 칩을 회사에 공유해 주는 것에 대한 작은 선물이에요. 이런 경우는 드물지만, 제가 힘 좀 썼습니다."

은설이 입을 다물지 못하는 소요를 살짝 안았다.

"저는 그만 갈게요. 시간이 되면 다시 올게요."

"은설 언니, 언니라고 불러도 되죠? 혹시 바다에 데려다줄 수 있어요? 바닷가에 가 보고 싶어요."

바닷가에 도착했을 때 소요는 얕은 탄성을 내뱉었다. 은설은 소요가 그동안 선아 씨와 못 했던 이야기, 앞으로 못 할 말을 나누길 바랐지만, 소요는 그런 말에는 관심이 없어 보였다. 그저 일상적인 대화가 오고 갔다. 이를테면, 날씨나 맛집, 해수욕장 풍경 같은 소소한 주제 말이다.

"바닷가에서 뭐가 보고 싶었어요? 소요 씨는."

"글쎄요. 생각보다 특별한 건 없네요. 바다에 늘 가 보고 싶었지만 실제로 바다에 간 적은 없어요. 바다는 늘 선아 씨가 들려주는 이야기에만 존재하는 곳이었거든요."

소요의 바다

"실제로 보니까 어때요?"

"시원하고 좋아요."

은설은 아무것도 모른 채 바다를 바라보는 소요를 보며 갑갑한 마음이 들었다.

"소요 씨 생각은 어때요?"

"네? 뭘요?"

"제가 아는 어떤 사람이 어렸을 때 끔찍한 폭행을 당했어요. 친부한테서요. 그 기억이 너무 고통스러워서 기억을 설계하는 치료를 받았고, 전혀 다른 기억을 주입받았어요. 이를테면 다정한 아빠랑 지냈던 따뜻한 기억 같은 거요. 그 사람에게 원기억을 알려 주는 게 좋을까요? 모르는 척 두는 게 좋을까요? 소요 씨라면 어떻게 할 거예요?"

"혹시 은설 언니 이야기예요?"

"네?"

"다들 그러잖아요. 자기 얘기를 친구 얘기인 척하잖아요. 드라마에서도 매번 그러던데."

"드라마 너무 많이 봤네요. 근데, 제 이야기가 맞기도 하고 아니기도 해요. 아직 기억을 설계하는 치료를 받지 않았거든요. 사실 고민 중이에요."

"본인이 기억을 바꾸기로 선택했다면 그 의사를 존중하는 게 맞지 않을까요?"

"그렇다면 본인의 의지로 선택한 게 아니라 타인의 의지였다면요? 본인은 전혀 모르고 있고요."

은설이 소요를 똑바로 바라보며 말했다.

"저라면 싫을 거 같아요. 기억을 왜 남이 함부로 지워요. 그건 좀 아닌 거 같아요."

"좀 걸을래요? 생각을 정리할 때 걷는 게 도움이 되거든요."

은설은 소요와 함께 천천히 바닷가를 걸었다.

"선아 씨의 핵심 기억 칩을 정리하다가 조작된 기억을 발견했어요. 그걸 분석한 결과 소요 씨의 일부 기억이 조작되었다는 걸 알게 됐어요."

은설이 가방에서 명함 하나를 꺼내 건넸다.

"이게 뭐예요? 기억 설계 연구소?"

"그 연구소에서 소요 씨의 일부 기억을 지우고 새로운 기억을 설계했어요."

소요는 명함을 만지작거릴 뿐 아무 말도 하지 않았다. 의외로 담담한 반응에 은설은 문득 소요가 어쩌면 이미 알고 있었을지도 모른다는 생각이 들었다.

"늘 궁금했어요. 왜 자주 악몽을 꾸는지, 왜 이유 없이 눈물이 나는지."

"아마도 일종의 부작용일지도 모르겠어요. 모든 시술엔 부작용이 있으니까요."

"조작된 기억은 엄마와 관련된 기억이겠죠. 엄마한테 어떤 일이 있었는지 알고 싶어요. 혹시 바닷가에서 돌아가셨나요? 어른들은 엄마 얘기만 나오면 당황했어요. 누구 하나 정확하게 얘기해 주는 사람이 없었어요. 그저 엄마가 나를 얼마나 사랑했는지, 바닷가에서 얼마나 좋은 추억이 많은지 포장하기 급급했어요. 엄마가 안 좋은 선택을 했나요?"

은설이 길게 심호흡을 했다.

"만 십칠 세가 지났으니 본인이 원한다면 원기억을 알 수 있을 거예요. 소요 씨의 선택이에요."

천천히 걷던 소요가 걸음을 멈췄다. 그러고는 바다로 시선을 돌렸다. 은설은 소요의 표정을 볼 자신이 없었다. 한참을 바다만 바라보던 소요가 천천히 입을 열었다.

"알려 줘서 고마워요."

"소요 씨는 어떤 선택을 할지 궁금해요."

"아직 잘 모르겠어요. 궁금하기도 하고, 알고 싶지 않기도 하고요."

"소요 씨 눈빛은 단단해요. 사람을 안심시키는 힘이 있어요. 그러니까 괜찮을 거예요. 어떤 선택을 하든."

"언니, 우리 뭐 좀 먹을래요? 배고파요."

소요는 여기서 기다리라고 말한 후 선아 씨와 어딘가로 뛰어갔다. 잠시 후 양손에 핫도그를 잔뜩 든 소요와 선아 씨가 은설을 향해 뛰어왔다.

"우리 이거 다 먹어요."

갓 튀겨 내 설탕을 듬뿍 묻힌 핫도그는 베어 물 때마다 바사삭바사삭 소리가 났다. 은설이 입가에 묻은 기름과 설탕 가루를 천천히 혀로 핥았다. 기름지고 단맛 때문인지 기분이 좋아졌.

"바삭바삭 소리가 참 좋다. 우리 소요 먹는 소리가 참 듣기 좋아. 아무리 들어도 질리지가 않아."

선아 씨가 말했다.

은설은 선아 씨 말을 듣고서야 처음으로 씹는 행위가 아니라 음식 맛을 즐기는 자신을 발견했다.

소요는 선아 씨와 나란히 해변을 걸었다. 신발을 벗어 한 손에 들고 맨발로 모래사장을 걸었다. 은설은 모래 위에 찍힌 소요와 선아 씨의 발자국을 보며 뒤따라 걸었다.

소요의 바다

걷다가 지치면 비치 타월을 깔고 앉아 파도를 봤다. 해가 바닷속으로 천천히 들어가자 바다가 온통 붉은빛으로 일렁였다. 시간이 흐르고 주변이 푸르스름하게 어둑해졌다. 은설은 아무 움직임 없이 누워 있는 선아 씨를 보며 깨어나지 않을까 봐 조마조마했지만, 막상 옆에 있는 소요는 편안해 보였다.

소요가 선아 씨를 흔들어 깨웠다.
"선아 씨 그만 일어나. 집에 가야지."
선아 씨가 천천히 몸을 세웠다.
"아휴, 피곤했는지 깜빡 잠들었네. 우리 소요, 바다 구경 실컷 했어?"
선아 씨가 소요의 손을 잡으며 말했다.
"응, 바다는 참 좋네."
"좋지. 파도 소리도 특별하고, 간질간질 발가락을 간지럽히는 모래알도 특별하고, 노을은 또 어떻고. 바다에 꼭 불붙여 놓은 것처럼 붉잖아. 네 얼굴까지 타오르더라."
"그렇게 좋아? 선아 씨."
"그럼, 우리 소요랑 같이 봤으니 특별한 바다지. 소요야, 이제 가자. 집에 가고 싶어."
선아 씨가 소요의 눈을 바라보며 말했다.

돌아오는 차 안에서 선아 씨는 소요의 머리카락을 귀 뒤로 넘겨 주고 볼을 어루만졌다. 그러고는 어깨에 소요의 머리를 누였다. 소요는 저런 보살핌을 받고 자랐겠구나. 그래서 소요의 눈빛에 늘 안심되곤 했구나. 은설은 언젠가 자신 역시 저런 눈빛을 지녔으면 좋겠다고 생각했다.

"눈 좀 붙여요. 도착하려면 아직 멀었어요."

은설이 뒷좌석을 향해 말했다.

"별로 피곤하지 않네요. 데려다주셔서 감사합니다. 선아 씨와 은설 언니랑 함께 본 바다를 오래오래 기억할 거예요."

"저도요."

"아, 피곤하다. 저 좀 잘게요. 언니도 좀 쉬세요."

소요가 천천히 눈을 감았다.

은설은 룸 미러를 통해 소요가 선아 씨의 손을 가만 잡는 모습을, 소요의 두 눈에서 눈물이 흐르는 모습을, 선아 씨가 소요의 볼에 흐르는 눈물을 말없이 닦아 주는 모습을 바라보았다.

은설이 자동 주행 모드로 전환하고 의자 깊숙이 몸을 기댔다. 무거워진 눈꺼풀이 천천히 내려앉았다. 은설은 오늘의 시간이 내일이면 기억이 된다는 말을 떠올렸다. 오늘 소요가 선아 씨와 함께 본 바다가 결국 소요의 바다가 될 것이다. 은설은 좀 더 좋은 날을 살아 보는 것도 좋겠다고, 선택은 그다음으로 미뤄도 괜찮을 거라고 생각했다.

초승달 숲

 달리기가 유일한 숨구멍이었다. 숨이 안 쉬어질 때까지 달리다 보면 죽을 것 같았고, 그렇게 끝까지 달리면 죽을까 두려워졌다. 멈춰서 숨을 고르는 동안 잠시 찾아오는 고요한 평화가 좋았다. 그래서 달렸을 뿐이다. 오래 달리다 보니 달리기가 몸에 달라붙게 되었다. 오래 입어 목이 늘어진 티셔츠처럼 헐렁하고 편안한 느낌이 되었다. 그랬을 뿐이다.
 오늘은 운동화 한 짝이 사라졌다. 실내화 주머니를 탈탈 털어 봤지만, 먼지만 일 뿐이었다. 은우 패거리 짓이다. 학기 초 체육 시간에 육상부였던 은우를 제치고 1등으로 들어왔다. 반 대표 주자를 뽑는 달리기였는지, 그저

기초 체력을 측정하기 위한 달리기였는지 기억나지 않는다. 나에게는 아무것도 중요하지 않았고 그냥 아무 생각 없이 달렸을 뿐이다. 은우의 자존심을 건드린 죄로 나는 반에서 내내 시달렸다. 그렇지만 다시 은우와 달려야 할 일이 생긴다면 또 기를 쓰고 달릴 거다.

 은우는 나의 방학 친구였다. 어릴 적 나는 방학 때마다 할아버지 집에 내려와 지내곤 했다. 동네에서 유일한 동갑내기 친구가 은우였다. 은우와 난 숲이며 바닷가며 쏘다니면서 재미난 놀이를 만들어 냈다. 주로 달리고 뛰어내리고 뒹구는 게 다였지만 무슨 놀이든 재미있었다. 내 유년 시절 행복했던 추억은 늘 할아버지 집에서 지냈던 시간이었고, 그 시간 속에 늘 은우가 있었다.

 중학교에 들어가고 몇 달이 안 돼 할아버지 집으로 이사를 왔다. 낯선 중학교에서 아는 얼굴은 은우뿐이었는데, 녀석이 제일 싫었다. 아무하고도 말하지 않고 지내도 상관없었다. 누군가와 말하는 대신 달렸다.

 "운동화 찾고 싶으면 초승달 숲으로 와라."

 은우가 내 어깨를 거칠게 치고 지나갔다.

 나는 바닥에 떨어진 운동화 한 짝을 집어 은우 등짝에 던졌다. 퍽, 소리와 함께 은우 등판에 먼지가 일었다.

"이것도 마저 가져가든지!"

나는 은우 뒤통수를 노려보며 말했다.

은우 녀석이 뒤돌아 씩씩댔다. 금방이라도 달려들 태세였다. 나는 맹세코 저 녀석에게 아무 짓도 하지 않았다. 아무 짓도 하지 않은 게 내가 괴롭힘을 당하는 이유라면 이유다. 은우 녀석이 나에게 달려드는 걸 반 아이들이 말렸다. 학교 현관이라 교무실이 코앞이었다.

나는 실내화를 신은 채 달렸다. 바닥의 요철이 그대로 느껴졌지만 아무 상관없었다. 한참을 달리다 숨을 몰아쉬었다. 눈앞에 실내화가 들어왔다. 흙먼지가 일어 흰 실내화가 더러워졌다. 엉망이 된 모습이 딱 나 같았다.

할아버지 집으로 가는 길 왼편으로 바다가 있다. 바닷가를 품은 이 마을엔 해변을 따라서 넓은 숲이 있는데 사람들은 그 숲을 초승달 숲이라 불렀다. 해변의 모양이 초승달을 닮았다.

여름의 눅눅한 바닷바람에 숨이 막혔다. 시원한 에어컨 바람이 그리웠다. 이곳의 바람, 공기, 냄새 모든 게 맘에 들지 않는다. 엄마는 이모가 있는 미국으로 가면서 나를 할아버지한테 맡겼다. 미국에 같이 가자는 엄마의 제안을 거절한 건 나였지만, 그렇다고 혼자 남겨지는 걸 원했던 건 아니었다.

은우 패거리가 집에 가는 길목에서 기다리고 있었다.

"강대희, 나랑 한판 붙어!"

은우가 가방을 바닥에 내동댕이치며 말했다. 픽 웃음이 났다.

"굳이?"

은우 녀석 얼굴 근육이 멋대로 실룩거렸다. 녀석이 다가오더니 오른 주먹을 휘둘렀다. 나는 잽싸게 피했다. 하마터면 턱을 맞을 뻔했다. 은우는 몇 번 더 주먹을 내질렀다. 감정이 앞서서 정신없이 팔을 내뻗는 꼴이라니. 백날 샌드백을 치며 연습하면 뭐 하나, 제 감정 하나 조절할 줄 모르면서.

"그냥 말로 하지. 주먹도 못 쓰는 주제에."

나는 입가를 끌어 올리며 빈정거렸다. 녀석의 화를 돋우는 가장 쉬운 방법을 나는 알았다.

"죽여 버릴 거야!"

은우가 갑자기 머리로 배를 들이박았다. 녀석의 큰 덩치에 나는 뒤로 나가떨어졌다. 그 틈을 탄 은우가 내 멱살을 그러쥐고 주먹질했다. 녀석의 주먹은 전혀 아프지 않았다.

'비겁한 녀석, 여전하네.'

은우 집 마당에서 둘이 함께 샌드백을 치며 연습하던 기억이 떠올랐다. 은우 아저씨는 우리에게 샌드백 치는 방법을 알려 줬다. 은우보다 늘 정확한 펀치를 날리는 나를 보며 은우 아저씨가 껄껄 웃었다.

"대희야, 너네 아빠는 내 주먹을 한 번도 못 이겼어."

은우 아저씨가 내 머리통을 흐트러뜨리며 은우에게 샌드백을 50번 더 치고 들어오라고 했다. 은우는 "아, 뭐야! 싫어, 싫다고! 누가 주먹질 같은 거 한대?"라며 샌드백에 발길질을 해 댔다. 나도 옆에서 샌드백이 원수라도 되는 듯 발길질과 주먹질을 했다. 그러다가 둘이서 배를 잡고 깔깔대며 웃었다. 한바탕 웃고 나서 은우 아저씨가 썰어 준 회 한 접시를 나눠 먹었다. 아빠와 은우 아저씨가 소주를 마시는 동안 우리는 사이다를 마셨다. 왜 하필 그 기억이 나는 걸까. 은우의 주먹질을 고스란히 맞으며 고작 회 생각이라니.

나도 모르게 두 팔로 얼굴을 감쌌다. 갑자기 은우가 내 팔을 움켜잡았다.

"쳇, 꼴에 스마트워치 찼냐? 이거 니 꺼 아니지?"

은우가 내 팔에서 스마트워치를 풀려고 했다.

초승달 숲 147

"놔."

"좀 보자. 구경도 못 하냐?"

은우가 쉽게 스마트워치를 풀었다.

"그거 이리 내. 차라리 쳐! 화 풀릴 때까지 치라고!"

"치라니까 치기 싫은데."

은우가 빙글거리며 말했다.

"미친 새끼."

은우는 스마트워치에 눈을 고정한 채 내 말에 대꾸도 하지 않았다. 나는 은우를 향해 주먹을 날렸다. 녀석이 고개를 슬쩍 돌려 피하더니 발로 내 정강이를 걷어찼다. 이번엔 꽤 아팠다. 녀석은 스마트워치를 자기 팔목에 차더니 씩, 웃었다.

"왜? 스마트워치도 여러 개 있을 거 아냐. 또 사면 되겠네."

"그건 안 돼!"

"그래? 그렇게 소중한 거면 찾으러 오든지. 파랑호에 숨겨 둘게."

"보물찾기는 너희들이나 해."

은우 녀석이 스마트워치를 움켜쥔 채 달아났다. 나는 녀석을 쫓아 뛰었다. 은우 어깨에 손이 거의 닿을 뻔했는데 실내화가 벗겨지면서 그대로 고꾸라졌다. 녀석이 바닥에서 구르는 나를 돌아보고는 소리를 질렀다.

"너무 늦게 오진 마라. 어두워지면 거기 귀신 나오는 거 알지? 겁쟁이라 낮에도 오지 못하겠지만."

한참 동안 바닥에 누워 있었다. 한낮의 열기로 데워진 바닥에서 뜨거운 김이 올라오는 것 같았다.

어제부터 바닷바람이 심상치 않았다. 숲의 나무들이 바람을 따라 파도치듯 넘실댔다. 아이들이 사라진 지 한참이 지나서도 나는 숲으로 들어가지 못했다. 슬슬 땅거미가 지고 있었다. 숲 안쪽은 바깥보다 먼저 어둠이 찾아든다. 나는 천천히 숲 안쪽으로 걸어 들어갔다.

나는 오랫동안 초승달 숲을 찾지 않았다. 아빠는 고향으로 내려올 때면 어린 나를 데리고 초승달 숲으로 갔다. 아빠는 고향의 바다와 초승달 숲을 좋아했다. 300년 전에 만들어진 이 숲은 나무둥치가 하나같이 우람했다.

팽나무, 상수리나무, 참느릅나무, 보리수나무, 모감주나무. 아빠가 이름을 알려 줬던 나무들은 그 자리 그대로 있었다. 아빠와 나무 사이를 뛰어다니며 놀던 기억에 가슴이 조여 왔다. 숲은 변한 게 없었다. 다 그대로인데 아빠만 없다.

아빠는 어린 나에게 숲의 나뭇가지 하나 꺾지 못하게 했다. 초승달 숲이 마을 사람들을 지켜 준다는 전설 때문이었다. 숲을 해치면 마을에 안 좋은 일이 생긴다는 아빠의 말을 나는 바보처럼 믿었다.

아빠가 바닷속으로 사라지는 동안 숲은 아무것도 하지 않았다. 그저 우우 바람 소리만 내며 거기 있었다. 숲이 마을 사람들을 지켜 준다는 건 순 엉터리다. 하늘나라에서 아빠도 아마 후회할 거다.

나는 모감주나무 밑동을 발로 걷어찼다. 나무는 꿈쩍도 하지 않았다. 떨어진 나뭇가지를 주웠다. 나뭇가지를 마음껏 휘두르며 숲속으로 들어갔다. 나뭇가지가 이 나무 저 나무에 부딪혀서 철썩철썩 소리를 냈다. 나무들이 우우, 우우 울었다.

마을 아이들 말에 의하면 숲에 귀신이 산다고 했다. 어스름이 몰려드는 시간이면 어김없이 숲에 나타난다고. 바다에 나갔다 귀신이 된 자들이라 했다. 바닷가 마을인 이곳에는 바다에서 목숨을 잃은 주민이 많았다. 풍랑이 일어도 먹고살기 위해 바다로 나가야 했던 시절이 있었다. 태풍이 마을을 덮쳐 바다로 사라진 사람도 많았다.

마을 사람들은 숲이 마을을 지켜 준다는 믿음으로 계속 나무를 심었다. 세월이 흐르는 동안 해변이 깎이면서 숲은 야트막한 언덕이 되었다. 초승달 숲은 바닷가에서 흔히 볼 수 없는 나무 군락지가 되었고, 마을의 상징이 되었다.

울창한 숲을 통과하면 바닷가로 이어지는 모래 언덕이 나온다. 중간중간 계단을 만들어 놨지만 아이들은 언덕을 미끄러지듯 타고 내려간다. 은우랑 미끄럼을 타며 내려오던 모래 언덕을 바라보았다. 언덕 너머 해변 끄트머리에 폐선이 보였다. 파랑호라는 이름도 겨우 알아볼 만큼 페인트칠이 벗겨진 배는 예전보다 조금 더 낡고 기괴한 모습이었다. 45도로 기울어진 파랑호는 안이 훤히 보이지도 않고 드나들기도 가능해서 어릴 적 은우와 종종 놀던 놀이터였다. 지금 보니 흉물스러운 폐가처럼 꺼림칙했다.

언덕에서 파랑호를 바라보던 나는 천천히 발길을 돌렸다. 스마트워치가 파랑호에 있을 리가 없다. 은우 말에 속아 파랑호에 들어갈 마음은 없다. 나는 녀석처럼 바보가 아니다.

아빠는 늘 스마트워치를 차고 다녔다. 심박수와 혈압,

수면 질까지 알 수 있다며 늘 차고 다녔다. 바다에 나가던 그날, 아빠는 화장실 세면대 위에 스마트워치를 빼놓은 채 돌아오지 않았다. 스마트워치에는 아빠의 심박수와 혈압, 아빠가 걸었던 기록이 남아 있다. 나는 아무에게도 얘기하지 않은 채 스마트워치를 팔목에 찼다. 네모난 스마트워치 안에서 아빠의 피가 돌고 심장이 뛰고 숨결이 드나드는 것처럼 느껴졌다. 이미 아빠의 심장은 그날 이후로 멈췄는데도, 그 아픈 사실을 매번 확인하려는 듯 나는 스마트워치를 들여다보고 또 들여다봤다.

나는 다시 달리기 시작했다.
바람이 심상치 않았다. 하늘엔 검은 구름이 빠르게 몰려다녔다. 나뭇가지들이 부딪히면서 내는 소리가 마치 장대비 소리처럼 들렸다.
아빠는 바람 부는 날 숲속에 있는 걸 좋아했다. 머릿속이 텅 비는 것처럼 시원하다고 했다. 사람들 틈에서 부대끼며 이리저리 휘몰아치는 도시의 바람에 비하면 여기 바람은 숨을 쉬게 해 준다고. 아무렇지도 않다고. 그 말을 하는 아빠 표정은 어딘가 후련해 보였다.
아침에 집을 나서는데, 할아버지가 바람이 심상치 않

다며 우산을 건넸다. 파도도 세니 바다 근처는 얼씬도 말라며 일찍 들어오라 말했다. 나는 "제가 알아서 할게요."라고 말했던가. 아무 말도 하지 않고 그냥 나왔던가. 할아버지가 나에게 아무것도 하지 않았으면 좋겠다. 그냥 내버려뒀으면 좋겠다.

뛰다 보니 어느새 은우네 가게, 부자 횟집 앞이었다. 문 앞에서 나는 숨을 몰아쉬었다. 심장이 찢어질 듯 아파왔다. 죽을 것 같은 고통 속에서 스며드는 평화 따윈 없었다.

가게 문이 벌컥 열렸다. 커다란 회칼을 들고 선 은우 아저씨가 내 앞에 있었다.

"어?"

은우 아저씨는 놀랐는지 눈을 껌뻑이기만 했다.

"은우 왔어요?"

"아직 안 왔는데. 왜 무슨 일이냐?"

은우 아저씨가 물었다. 은우 아저씨도 은우랑 내가 아무 일 없이 만나는 사이가 더는 아니라는 걸 안다.

'은우가 제 물건을 가지고 갔어요. 도둑놈처럼 제 물건을 뺏어 갔다고요.'

할 말을 삼킨 건, 은우 아저씨의 눈빛 때문이었다. 아

초승달 숲 153

저씨를 아빠 장례식 이후 처음 보았다. 그사이 아저씨 눈빛이 달라졌다. 웃을 때 생기는 눈가 주름은 사라지고 푹 꺼진 눈과 퀭한 눈동자만 남았다.

장례식장에서 은우 아저씨는 내내 소주만 마셔 댔다. 술을 마시면 말이 많아지고 잘 웃던 아저씨는 내내 입을 꾹 다문 채 술만 마셨다.

"아니에요. 그냥 학교에서 만나면 물어볼게요."

"그래, 그럼 그럴래? 지금 손님이 많아서 좀 바쁘네."
홀에는 테이블 한두 군데만 손님이 앉아 있었다. 아저씨도 내가 불편한 모양이다. 내 얼굴을 보면 아빠가 떠올라 불편한가? 아니면, 불편한 일이 있었나?

"안녕히 계세요."

꾸벅 인사를 하고 돌아서려는데, 은우 아저씨가 불러 세웠다.

"대희야, 할아버지 식사는 잘하시냐?"

내가 아무 대답도 없자, 아저씨가 다시 말했다.

"잠시만 기다려 봐라. 안에서 뭐 좀 가지고 올 테니 할아버지 가져다드려라."

은우 아저씨는 내 대답도 듣지 않고 가게 안으로 급히 들어갔다.

'할아버지가 아저씨가 준 음식을 드실 리가 없잖아요. 자기 아들은 죽고 저 혼자 살아온 아들 친구를 어떻게 생각하시는지 잘 알잖아요.'

나는 아저씨가 사라진 가게 문을 노려보다가 돌아섰다. 그곳에 은우가 있었다. 은우는 나를 무시하고 가게 안으로 들어갔다.

잠시 후, 안에서 은우 아저씨의 고성이 들렸다.

"당장 대희한테 갖다줘! 가서 사과도 하고!"

"내가 왜! 그 새끼가 먼저 나한테 욕했단 말이야. 자기 아빠를 죽게 내버려둔 배신자 아들이라고."

"그만해."

"아빠가 왜 배신자야?"

꽈당, 테이블이 넘어지는 소리가 들렸다. 은우 아저씨는 술을 마셔도 고함을 지르는 법이 없는데, 아저씨 목소리가 가게 밖까지 크게 들렸다.

"당장 안 나가!"

문이 벌컥 열리고 은우가 나왔다. 문밖에 서 있던 나와 눈이 마주쳤다.

"다 너 때문이야."

"스마트워치 내놔."

나는 아무 감정 없이 굴었다. 녀석에게는 감정조차 아까웠다.

"이 동네에서 꺼져! 꺼지라고!"

은우가 주머니에서 스마트워치를 꺼내 바닥에 내동댕이쳤다.

"스마트워치 가지고 꺼져!"

은우가 나를 밀치고 달렸다. 나는 아무것도 하지 못한 채 서 있었다. '아빠를 죽게 내버려둔 배신자 아들' 내가 은우에게 한 말이었다. 자꾸 예전처럼 들러붙는 은우 녀석이 싫었다. 어쭙잖은 위로를 한다고 자꾸 주변을 맴도는 녀석이 미웠다. 그리고 은우 아저씨는 배신자가 맞다. 아빠를 두고 혼자 돌아왔으니까.

스마트워치를 주워 팔목에 찼다. 전원 버튼을 눌렀지만 화면이 켜지지 않았다. 깜깜한 화면을 노려보기만 했다. 아빠가 사라진 까만 밤바다, 그날의 밤바다가 자꾸 생각났다. 오후에 나갔던 고깃배가 밤늦도록 항구로 들어오지 않았다. 사고가 났다고 했다. 그날 사고에 대해 아무도 명확하게 나에게 얘기해 주지 않았다. 아빠는 갑판 위에서 갑자기 바닷속으로 사라져 버렸다. 은우 아저씨가 바다에 들어가 찾아봤지만 찾지 못했다고 했다. 파랑이 심한 날이었고 배도 많이 흔들렸다고 했다. 아빠가 중심을 못 잡고 넘어져 바다에 빠졌는지, 바닷속으로 스스로 들어갔는지 아무도 알지 못한다. 오직 아빠만 알 뿐이다.

"아빠를 지키지 못해 미안하다. 함께 돌아오지 못해 미안하다. 미안해……."

같은 배에 탄 사람들이, 은우 아저씨가 나에게 해 준 말은 이게 다였다. 은우 아저씨는 가장 친한 고향 친구를 잃었고, 나도 가장 친한 방학 친구를 잃었다.

나는 초승달 숲을 향해 다시 달렸다. 바람이 거세 저항이 심했다. 그럴수록 더 빠르게 달리고 싶어졌다. 멀리 보이는 초승달 숲은 바람을 따라 크게 일렁였다. 멀리서 보면 마치 거대한 풀밭이 이리저리 흔들리는 것처럼 보였다.

마을 곳곳에 설치된 스피커에서 이장님 목소리가 나왔다. 해일 주의보가 내려졌다고 했다. 큰 해일이 올 수도 있으니 주의하라는 내용이었다. 거대한 바람이 불어 숲의 모든 나무가 송두리째 뽑혀 버렸으면 좋겠다. 초승달 숲의 전설이니, 마을을 수호한다느니, 그런 말도 다 사라져 버렸으면 좋겠다.

  아빠가 회사를 그만두고 1년이 더 지났을 때 문득 고향에 내려가겠다고 했다. 엄마는 이혼 서류에 도장을 찍어 달라고 했다. 아빠는 도장을 찍은 서류를 식탁 위에 둔 채 커다란 캐리어 가방을 끌고 집을 나갔다. 나는 아빠 뒷모습을 바라보기만 했다. 나도 데려가라고 말하고 싶었지만 아무 말도 하지 못했다.

  방학 때면 아빠를 따라 내려갔던 할아버지 집. 나는 아빠가 서울로 올라가도 은우와 함께 그곳에서 신나게 놀았다. 은우랑 할아버지 배를 타고 나가 고기 잡는 걸 구경하고 낚시를 배웠다. 초승달 숲의 커다란 나뭇가지 위에 올라가기도 하고 바다에서 피부가 벗겨지도록 물놀이도 했다. 그렇게 좋아하는 곳이었지만 그날은 아빠를 따라나설 수 없었다. 아빠의 뒷모습이 마음에 걸려 아빠한테 전화를 걸었다.

  "아빠, 어디야?"

  "고속 터미널이지. 아빠 할아버지한테 좀 다녀올게."

  "잠깐 갔다가 다시 올 거지?"

  "잠깐은 아닐지도 몰라."

"그럼 다시 올 거야?"

"음……."

"다시 안 와?"

"안 오긴. 대희 보러 와야지. 그건 약속할 수 있어."

"나도 데려가면 안 돼?"

"넌 엄마랑 지내는 게 맞아."

"그걸 왜 아빠가 판단해? 나도 갈래."

아빠만 혼자 보내고 싶지 않았다. 회사를 나온 후부터는 아빠 혼자 집에 있는 날이 많았다. 엄마는 아빠에게 취업하려는 노력은 하는 거냐며 날카롭게 말했고 그럴 때마다 아빠는 마치 거실에 혼자 있는 사람처럼 외로워 보였다. 아빠는 예전 회사에서 안 좋은 일에 휘말렸고, 회사를 그만둬야 했다. 자세한 얘기는 해 주지 않았지만, 엄마랑 아빠가 싸우는 소리를 듣고 대충 짐작만 할 뿐이었다. 엄마는 가슴을 텅텅 치며 말했다. 경쟁에서 낙오되지 않으려면 자기 것도 잘 챙기고 악착같아야 하는데 아빠는 물러 터졌다고. 그러니까 승진에서 밀리고 사람한테 이용만 당하는 거라고. 아빠는 나지막한 목소리로 말했다. 조직 생활이 자신과 맞지 않아 다른 일을 해 볼까 고민하고 있다고. 엄마는 그런 아빠를 처음에는 기다려 줬지만, 시간은 계속 흘렀고 엄마 아빠는 예전처럼 서로 마주 보고 밥을 먹지도, 같이 산책을 나가지도 않았다. 우리 집은 웃음이 사라졌다. 집에 아빠가 종일 있으니까 나는 밖으로 나가 친구들이랑 놀았다. 예전처럼 아빠랑 노는 게 재미있지 않았다. 친구들은 잔소리하고 버럭 소리 지르는 아빠가 짜증 난다고 불평했다. 어떤 친구는 아빠가 너무 엄해서 무섭다고 했다. 나는 아빠가 불쌍했다. 친구들한테 그 말을 할 수 없어 나는 아빠 얘기를 거의 하지 않았다.

나는 아빠가 다시 집으로 돌아오지 않을까 봐 겁이 났다.

"아빠, 나도 갈게. 지금 고속 터미널로 갈 테니까 기다려 줘."

아빠를 고속 터미널에서 만나 같이 버스를 탔다. 버스는 휴게소에 잠시 정차했고 우리는 우동과 김밥을 먹었다. 호두과자도 한 봉지 샀다. 배가 불렀지만 아빠가 좋아하는 호두과자니까 그냥 먹었다. 호두과자까지 몇 알 먹고 나니 졸음이 쏟아졌다. 나는 아빠 어깨에 머리를 기댄 채 잠이 들었다. 그때만큼은 아빠 어깨가 크고 단단하게 느껴졌다. 안심되고 편안했다.

그때가 그립다. 다시 고속버스를 타고 휴게소에서 우

동과 김밥, 호두과자를 먹고 싶다. 하지만 호두과자는 다시 먹지 못할 것 같다. 아빠가 좋아하는 호두과자를 혼자만 먹을 수 없을 거 같다.

할아버지는 아빠가 잠시 쉬러 온 게 아니라는 사실을 알고는 불같이 화를 냈다. 아빠는 고향에 내려와 농사든 고기잡이든 뭐든 하겠다고 말했다. 더 이상 서울에서 살 수가 없다고. 아빠는 할아버지 얼굴을 쳐다보지 못하고 고개를 조아렸다.

"힘들게 공부시켜 서울로 보내 놨더니, 다시 돌아오겠다고? 제정신이냐? 어미한테 가 빌고 다른 일자리 구해보겠다고 해. 어미도 이해할 게다."

"아버지, 서울은 저랑 맞지 않아요. 숨 막혀 못 살 거 같아요. 저 좀 봐주세요."

"약해 빠진 놈. 그게 지금 애아버지라는 놈이 할 소리냐? 대희한테 부끄럽지도 않냐? 처자식이랑 먹고살 궁리를 해야지, 못 살긴 왜 못 살아. 못난 놈."

"못난 놈이지만 여기서라도 살려고 내려온 거라고요. 여기라면 살 수 있을 거 같아서."

"서울서 못 산 놈이 여기선 살아질 거 같아? 긴말 말고 당장 다시 올라가."

할아버지가 화를 꾹꾹 눌러 삼키며 말했다. 아빠는 꿈쩍도 하지 않았다. 할아버지는 그런 아빠를 노려보았다. 할아버지는 아빠가 끌고 온 캐리어 가방을 집어 들어 마당으로 내던져 버렸다. 쿵, 소리와 함께 마당에 나뒹구는 가방을 보자 가슴이 쿵쾅쿵쾅 요동쳤다. 마당 한구석에 나뒹구는 가방이 꼭 아빠 같았다.

그날 아빠는 할아버지 집에서 쫓겨났다. 아빠는 마당에 팽개쳐진 가방을 끌고 은우네 집으로 향했다.

나는 아빠 뒤를 바로 따라가고 싶었지만, 할아버지 호통이 무서웠다. 할아버지가 방문을 쾅 닫고 들어간 후, 뒤늦게 아빠를 쫓아 은우네로 향했다.

은우네 가게 앞에 도착했을 때 안에서 아빠와 은우 아저씨의 말소리가 들렸다. 처음엔 그냥 들어가려고 했다. 하지만 울먹이는 아빠 목소리 때문에 그럴 수 없었.

아빠가 은우 아저씨와 대화하는 걸 듣고 나서야 알았다. 아빠가 오랫동안 우울증 약을 먹고 상담도 받았다는 사실을. 아빠는 어쩌면 사는 내내 이곳을 그리워했는지도 모른다고 생각했다.

가게 옆으로 빙 돌아 안쪽으로 들어가면 은우네 살림집 대문이 나왔다. 은우 할머니가 나를 보더니 안으로 들어가라고 손짓했다. 할머니가 가리킨 손님방에 아빠 캐리어 가방이 덩그러니 놓여 있었다. 나는 가방을 열고 아빠 짐을 뒤졌다. 한구석에 흰 약통이 있었다. 나는 가방을 열어 둔 채 뛰쳐나왔다. 마당에 있던 은우가 내 이름을 부르며 쫓아왔다. 달리기 시합이라도 하듯 우리는 내달렸다. 달리다 보니 어느새 초승달 숲이었다. 달리는 동안 나무들이 휙휙 옆으로 빠르게 지나갔다.

"야. 강대희! 멈춰!"

은우가 헐떡이며 말했지만 나는 멈추지 않았다.

은우가 계속해서 내 이름을 부르며 뒤쫓아 왔다. 어느새 은우의 손이 어깨에 닿았고 은우가 나를 잡아 세웠다. 그 바람에 둘 다 바닥에 나뒹굴었다. 하나도 아프지 않았다. 나는 누운 채 일어나지 않았다. 은우도 그대로 있었다. 뺨에 닿는 가을바람이 서늘했다.

"강대희 오늘은 내가 이겼다. 내가 너 따라잡았어."

은우가 말도 안 되는 소리를 지껄였지만 나는 아무 말도 하지 않았다. 마음이 무거워서 잘 달릴 수가 없었다. 생각이 복잡해서 머리도 무거웠다. 우리는 한참을 그대로 누워 있었다. 바닥에서 찬 기운이 올라와 등이 뻣뻣하게 굳어 갔다. 한참 만에 은우에게 아빠가 아프다는 말을 꺼냈다. 은우는 이미 알았던 것처럼 고개만 내 쪽으로 돌렸다.

"아저씨 괜찮아질 거래. 우리 아빠가 그러는데 여기서 지내다 보면 좋아질 거래."

은우가 말했다. 은우는 아빠 말이라면 다 믿는 것 같았다. 은우에게 은우 아저씨는 커다란 나무처럼 든든하고 믿을 만한 존재다. 그게 부러웠다. 언제부턴가 아빠는 나에게 불안한 존재였다. 아빠가 바람에 이리저리 흔들려서 뿌리까지 뽑혀 버릴까 두려웠다.

"우리 아빠는 왜 그럴까? 왜 늙은 할아버지도 못 이기고, 엄마한테 말도 제대로 못 하고, 왜 나한테도 미안해하는 걸까?"

은우한테 물은 건 아니었지만 은우는 어쩔 줄 몰라 했다.
"왜 하필 아빠가 내 아빠일까?"
"야, 그게 무슨 말이야. 아빠는 그냥 아빠지."
"왜 내 아빠냐고! 무슨 아빠가 그래!"
나도 모르게 목소리가 커졌다.

고요했던 주위에서 낙엽이 바스락거리는 소리가 들렸다. 바람 소리가 아니었다. 발자국 소리였다. 나를 찾으러 왔다가 다시 황급히 멀어지는 소리. 아빠일 거라고 생각했지만, 나는 일어나지 않았다. 눈으로 확인하기가 두려웠다.

은우가 일어나 돌아보았다. 나는 당황한 표정이 역력한 은우와 눈이 마주쳤다.

그날 아빠는 검은 그림자를 드리운 채 초승달 숲을 걸었을까? 어떤 마음으로 초승달 숲을 걸었을까. 나는 아무것도 알지 못한다. 내가 무슨 짓을 했는지, 내 말을 들은 아빠의 마음이 얼마나 부서졌는지 알고 싶지 않았다. 내 마음으로 향하는 원망을 은우에게, 은우 아저씨에게, 할아버지에게 돌렸다.

숲은 성난 파도처럼 넘실댔다. 점점 바람이 거세지고 비까지 쏟아졌다. 얼굴로 내리치는 빗줄기가 시원했다. 세찬 바람에 몸이 붕 떠오르는 기분이었다. 강풍에 몸이 날아가 커다란 나무둥치에 쿵쿵, 부딪혔으면 좋겠다. 아니, 바람을 타고 어딘가로 날아가 버리고 싶다.

숲에서 우우, 우는 소리가 들렸다. 숲에 사는 귀신일까? 아빠의 울음일까? 부서진 나뭇가지가 날아와 얼굴을 세차게 후려쳤다. 생채기가 났는지 따가웠다. 아프지만 오히려 시원했다.

'아빠, 미안해. 화가 나서 그랬어. 아빠가 내 아빠라서 싫었던 적도 있었지만 좋았던 적이 더 많았어. 아빠가 없어서 너무 화가 나. 할아버지는 말을 잃어버렸어. 은우 아저씨가 맨날 술을 마셔서 은우가 나를 미워해. 나도 은우가 미워. 왜인지 모르겠는데 은우가 미워. 아니, 내가 제일 미워. 아빠한테 제일 잘못한 사람이 나인 거 같아. 내가 제일 싫어.'

가슴속에 쌓인 말을 꺼내지 못하고 고래고래 고함을 질렀다.

"아아악! 아악!"

내 고함은 비바람과 나뭇잎 소리에 묻혔다.

"다 사라져 버려!"

아빠도 못 지킨 바보 같은 숲 따위는 바람이 다 쓸어버렸으면 좋겠다. 아빠를 지키지 못한 나도 다 쓸어 갔으면 좋겠다.

"아아악!"

소리를 지르며 달렸다. 바닥에 튀어나온 나무뿌리에 걸려 나뒹굴었다. 발목이 찌릿, 아파 왔다. 주저앉아 발목을 부여잡았다.

바람이 점점 심해졌다. 나뭇가지들이 꺾여서 바람에

날아다녔다. 비바람이 사방에서 몰아쳐 눈을 뜰 수가 없었다. 숲에 있다가는 날아가는 나뭇가지처럼 나도 어디론가 날아가 버릴 것 같았다. 이대로 사라져 버리고 싶었지만, 또 이대로 사라질까 두려웠다.

"야, 강대희! 강대희!"

어딘가에서 은우 목소리가 들렸다.

소리가 점점 가까워졌다. 저만치에서 우비를 입은 은우가 달려왔다. 바람에 저항하며 뛰느라 은우가 천천히 다가오는 것처럼 느껴졌다.

"너 방송 못 들었어? 여기서 뭐 하는 거야?"

은우가 숨을 몰아쉬며 말했다.

"니가 무슨 상관인데?"

"할아버지 사라지셨어. 어디 가신다는 얘기 못 들었어?"

비바람에 정신이 다 날아가 버려 머리가 텅 비었다. 할아버지를 언제 봤는지 전혀 기억나지 않았다. 나는 고개를 거칠게 흔들었다.

"할아버지 가실 만한 데 짐작 가는 곳 없어?"

은우가 내 어깨를 단단히 붙들고 다시 물었다. 나는 또 고개를 내저었다. 나와 할아버지는 서로를 유령처럼 대했다. 있지만 없는 사람처럼 모른 척했다. 평소 그림자처

초승달 숲 167

럼 지내던 할아버지는 가끔씩 술을 진탕 마시고 돌아오곤 했다. 그런 날이면 마당에 대자로 뻗어 고래고래 소리를 질렀다.

"귀신이 있으면 나 좀 데려가라. 나 좀 데려가."

나는 할아버지의 술주정이 싫어 이불을 뒤집어쓴 채 이어폰으로 음악을 크게 들었다.

할아버지는 어디로 갔을까? 아빠가 있는 바다로 간 걸까? 할아버지는 아빠 이야기를 입 밖으로 절대 내뱉지 않았다. 하지만 말하지 않는다고 해서 할아버지 마음 깊은 곳에 아빠가 없는 건 아니다. 아무렇지 않게 밥을 먹고 잠을 자는 할아버지지만 아빠에 대한 죄책감으로 괴로워하는 걸 안다. 나는 그냥 모른 척할 뿐이다. 할아버지 역시 내 마음을 모른 척했을 거다. 나에게 밥상을 차려 주고, 옷을 빨아 주고, 잠자리를 챙겨 주었지만 아빠 이야기는 꺼내지 않았다.

은우가 집으로 가자며 내 팔을 잡아챘다.

"지금 아빠랑 동네 사람들이 할아버지를 찾으러 다니고 있어. 넌 얼른 집으로 가. 태풍이 더 심해질지도 모르고 해일이 올지도 모른대."

은우 목소리가 빗소리와 바람 소리에 섞여 들렸다. 은

우가 미간을 잔뜩 찡그렸다. 걱정할 때 짓는 은우의 표정을 보니 울컥했지만 이미 입에서는 가시 돋친 말이 쏟아졌다.

"너나 돌아가. 나 신경 쓰지 말고."

"내 말 못 들었어? 위험하다고. 정신 좀 차려!"

은우 얼굴이 빗물에 젖어 있었다.

"너나 가. 난 할아버지 찾아야 해."

"어디 계신 줄 모른다며!"

그 순간 파랑호가 떠올랐다. 할아버지가 거기 있을지도 모른다는 생각이 들었다.

"파랑호에 가 봐야겠어!"

"뭐? 거길 왜?"

나는 대답을 하지 않고 달렸다. 발목이 욱신거렸지만 그냥 달렸다. 뒤에서 은우가 쫓아오는 소리가 들렸다. 나는 파랑호를 향해 절룩거리며 뛰었다.

할아버지가 밤늦도록 들어오지 않았던 날, 할아버지를 찾아 나섰을 때가 있었다. 할아버지는 취해서 누군가의 부축을 받아 걸어오고 있었다. 동네 이장님이었다.

"대희야. 할아버지 모시고 얼른 들어가라. 술을 얼마나 마셨는지, 인사불성이 되어서는……. 폐선에 들어가는 걸 누군가 봤으니 망정이지, 큰일 날 뻔했지 뭐냐."

 그날 생각을 하자, 할아버지가 정말 파랑호에 있을 것만 같았다. 급한 마음에 모래 언덕을 미끄러져 내려왔다. 하지만 그곳에 파랑호는 없었다.

 "저기 봐. 강대희."

 은우가 바다를 가리켰다. 파랑호가 바다로 떠밀려 가고 있었다. 성난 파도가 치는 바다 저편으로 배는 점점 작아지고 있었다. 나는 바다를 향해 고함을 치고 또 쳤다. 바다로 들어가고 싶었지만, 파도치는 거친 바다는 보는 것만으로도 소름 끼치게 무서웠다. 이렇게 무서운 곳에 아빠가, 할아버지가 있다니. 나는 그대로 주저앉아 망연자실 파도만 바라보았다. 일렁이는 파도가 당장이라도 나를 덮칠까 두려웠지만 꼼짝도 할 수 없었다.

 한참이 지난 후, 은우 스마트폰이 울렸다. 통화를 하던 은우가 자리에서 벌떡 일어났다.

 "강대희, 일어나. 가자."

 "너나 가. 난 안 가."

 "가자고. 할아버지 찾았대."

 "뭐? 어디서?"

 "할머니 산소, 거기 혼자 계셨대."

나는 멍한 표정으로 은우를 올려다봤다.

"그러니까 일어나라고."

은우가 나를 부축해 일으켜 세웠다.

"죽겠다고 고집부리시는 걸 겨우 말려서 모시고 왔대. 얼른 가 보자."

"죽지도 못하면서 맨날 그 소리. 지겹지도 않나."

"할아버지도 괴로우니까 그러신 거잖아. 너만 괴로운 거 아니잖아."

은우가 나를 노려보며 말했다.

"우리 아빠는 아저씨 돌아가시고 제대로 잠도 못 자. 혼자 돌아왔다고 자책하고 힘들어한다고."

"혼자 돌아온 거 맞잖아. 그래도 너희 아빤 살았잖아. 우리 아빠는 죽었고 네 아빠는 여기 있잖아."

나도 모르게 속엣말이 쏟아져 나왔다. 거센 빗줄기에 정신이 혼미했다.

"산 게 어때서! 너도 살잖아. 아빠가 죽었어도 너는 살잖아. 아빠를 제일 싫어하고 원망했던 사람이 너 아니야? 그래서 지금 괴로운 거잖아!"

은우가 악에 받쳐 고함쳤다. 빗줄기가 우비를 쓴 은우 얼굴 위로 쏟아져 내렸다. 물기가 흥건한 은우 얼굴이 일

그러졌다.

"네가 뭘 알아? 뭘 아냐고!"

나는 은우를 향해 달려들었다. 은우가 나를 바닥으로 내동댕이치고는 멱살을 잡아 주먹을 날렸다. 정신이 나갈 정도로 아팠다. 통증이 밀려들자 오히려 머릿속이 깨끗해졌다.

"너는 뭘 아는데? 대체 뭘 아냐고? 바보같이……. 아빠한테 미안해서 그런 거잖아."

"뭐?"

"그날 밤에 네가 한 말 때문이라고 생각하는 거잖아. 아저씨가 들었을 거라고. 그래서 너를 미워하는 거잖아."

나는 은우를 노려보았다. 그날 밤 아빠를 원망했던 내 마음을 은우가 끄집어내자 목에 걸린 날카로운 유리 조각을 빼내는 것처럼 아팠다.

'우리 아빠는 왜 그럴까? 왜 늙은 할아버지도 못 이기고, 엄마한테 말도 제대로 못 하고, 왜 나한테도 미안해하는 걸까?'

'왜 하필 아빠가 내 아빠일까?'

'왜 내 아빠냐고! 무슨 아빠가 그래!'

은우를 노려보던 눈가가 뜨거워졌다. 눈물이 왈칵 쏟아졌다.

"그냥 사고였어. 사고였다고! 왜 넌 안 믿는 거야. 다들 그렇게 말하는데 왜 너만 아니라고 생각하는 거야!"

은우가 답답하다는 듯 가슴을 치며 말했다.

나는 아빠를 잘 안다고 생각했다. 그래서 불안했다. 아빠가 어느 순간 삶의 끈을 놓아 버릴까 봐. 가장 사랑하는 아들이 자신을 그렇게 생각하는 걸 알고 더 이상 살고 싶지 않을까 봐.

"아저씨 일자리 부탁하고 다녔어. 뭐라도 다 배우겠다고. 너한테 부끄럽지 않은 아빠가 되겠다고······. 우리 아빠한테 그렇게 말하면서 우시긴 했지만 슬퍼 보이진 않았어."

"그걸 왜 이제야 얘기하는 건데?"

"네가 들으려 하지도 않았잖아. 나만 보면 피했잖아. 투명 인간 취급했잖아. 벌레 보듯 했잖아."

은우를 보면 아빠 사고가 떠올랐고 마음이 조각조각 부서질 듯 아팠다.

"내 말 못 믿겠으면 선착장에 나가 선주 아저씨들한테

다 물어봐. 내 말이 틀렸나. 네가 확인해 보라고! 아저씨는 살려고 하셨어. 끝까지. 그날 일은 사고였다고!"

"사고든 아니든 그게 무슨 소용이야! 지금 아빠가 없는데."

"너 때문이라고 생각하잖아. 그래서 너를 미워하는 거잖아. 근데 그거 아니라고!"

나는 은우의 말에 목 안에서부터 쏟아져 나온 울음을 토해 냈다. 은우도 손등으로 눈가를 문질렀다.

"믿든 안 믿든 네 맘대로 해. 나도 이제 상관하지 않을 거야!"

은우가 그 말을 끝으로 돌아섰다. 바람 속에서 비틀거리며 걷는 은우의 뒷모습을 보았다. 은우가 점점 멀어져 갔다. 나는 왜 매번 이렇게 늦는 걸까? 왜 항상 뒷모습만 보는 걸까. 은우에게 달려가 어깨를 붙잡고 싶었다. 왜 혼자 가냐고, 왜 나만 혼자 남겨 두냐고. 아니, 미안하다고. 미워해서 미안하다고. 네 말대로 내가 너무 미워서 너를 더 미워하는 척했다고 말하고 싶었다. 하지만 내 몸은 얼어붙은 듯 움직이지 않았다.

겨우 몸을 일으켜 세웠다. 오른 발목에 끔찍한 통증이 몰려왔다. 나무뿌리에 걸려 넘어진 발목이 퉁퉁 부어 있었다. 바람에 나뭇가지가 날아와 두 팔로 얼굴을 가렸다. 비바람은 더 거세졌다. 이제 진짜 혼자가 되었다.

  은우가 한 말이 귓가에 울렸다.

'아빠한테 미안해서 그런 거잖아.'
'그날 밤에 네가 한 말 때문이라고 생각하는 거잖아. 아저씨가 들었을 거라고. 그래서 너를 미워하는 거잖아.'

  늘 곁을 맴돌던 은우를 떠올렸다. 은우는 처음엔 미안해하며 옆에서 서성였다. 그 모습이 미워 투명 인간 취급하는 나에게 은우는 자꾸 싸움을 걸어왔다. 그렇게라도 말을 걸어 줬던 은우에게 나는 차갑게 등을 보였다. 은우는 아무 잘못이 없다는 걸 알면서도 더 못되게 굴었다. 나를 향한 미움을 은우에게 돌렸을 뿐이다.
  다시 돌아갈 수 있을까? 다시 은우와 웃을 수 있을까?
  눈앞이 흐릿해졌다. 주체할 수 없는 눈물이 흘렀다. 빗물에 젖은 얼굴이 다시 눈물로 얼룩졌다. 흐릿한 시야로 흔들리는 물체가 보였다. 저 앞에서 은우가 다가오고 있었다. 나는 손등으로 눈물을 닦아 냈다. 은우가 나를 향해 달려오고 있었다. 은우는 늘 기다려 주던 아이였다.

초승달 숲

내가 늑장을 부리면 혼자 가겠다고 으름장을 놓다가도 늘 저 앞에서 기다리던 친구였다. 실컷 싸우고 혼자 가 버리다가도 몰래 한 번 뒤를 돌아보던 아이였다.

은우가 다가와 자기 어깨에 내 팔을 둘러 부축했다.

"걸을 수 있겠어?"

나는 천천히 고개를 끄덕였다. 은우가 옆에 있으면 걸을 수 있을 거 같았다.

우리는 서로의 어깨를 띠처럼 엮어 천천히 걸었다. 여전히 파도는 거셌고, 비바람이 온몸을 휘감았지만, 우리는 서로에게 기대어 한 발 한 발 내디뎠다.

어느새 초승달 숲 한가운데를 지나고 있었다. 바람 소리가 우우 들려왔다. 숲이 우는 것 같았다.

작가 메시지

 여름을 좋아합니다. 다섯 편의 이야기는 여름을 배경으로 하고 있습니다. 올여름도 더웠지만 작년, 재작년도 무척 더웠습니다. 견디기 힘든 나날이었지만 글을 쓰는 동안 저는 더운 줄 몰랐습니다. 현실의 여름이 아닌 이야기 속 여름 안에서 살았기 때문인 듯싶습니다. 공항에서 비행기를 세는 무수와 영우 곁에서, 그늘진 골목 계단에 앉아 얼음물을 건네는 해봄, 재희와 함께 무사히 여름을 건넜습니다.

 누구나 살아오면서 크고 작은 이별과 상실을 겪습니다. 삶에서 지우고 싶은 기억이라고 생각했는데, 어느 날 그 감정들도 소중하다는 생각이 들었습니다. 독자들에게 제가 느꼈던 슬프지만 다정하고 애틋한 감정들을 나누고 싶습니다.

여름 오후, 골목을 걷다 보면 부드러운 바람이 불어올 때가 있습니다. 누군가에게 작은 위로를 받을 때 종종 등 뒤에서 불어오던 바람을 떠올리곤 합니다. 청소년 소설이라는 낯선 골목에 들어설 때가 그랬습니다. 용기가 안 나고 발이 떨어지지 않을 때 부드러운 바람처럼 제 등을 밀어 주신 이옥수, 김선희, 김혜정 선생님께 깊은 감사를 드립니다. 제1회 소원청소년문학상 덕분에 제 마음속 아이들이 세상 밖으로 나오게 되었습니다. 섬세하게 작품을 다듬어 주신 소원나무 식구들께 고마운 마음을 전합니다.

가끔은 어릴 때처럼 무작정 아무 버스나 타고 떠나고 싶습니다. 낯선 곳을 여행하듯, 목적지 없는 길을 걷듯 이야기를 읽어 주면 좋겠습니다. 이 글이 골목에서 불어오는 다정한 바람처럼 독자에게 가닿기를 바랍니다.

2025년 여름, 이혜령